SV

Band 1299 der Bibliothek Suhrkamp

Juan Carlos Onetti

Wenn es nicht mehr wichtig ist

Roman

Aus dem Spanischen von
Rudolf Wittkopf

Suhrkamp Verlag

Die Originalausgabe erschien 1993 unter dem Titel
Cuando ya no importe.

Erste Auflage 1998

Satz: Bibliomania GmbH, Frankfurt am Main
Druck: Nomos Verlagsgesellschaft, Baden-Baden
Printed in Germany
1 2 3 4 5 6 - 03 02 01 00 99 98

Wenn es nicht mehr wichtig ist

Für Carmen Balcells,
nur um ihr Dank zu sagen.

Personen, die versuchen, in dieser Erzählung ein Motiv zu finden, werden belangt. Personen, die darin eine Moral finden wollen, werden verbannt. Personen, die in ihr eine Handlung zu entdecken versuchen, werden erschossen.

Auf Befehl des Autors
p.p. Der Generalstabschef

Während ich schreibe, fühle ich mich gerechtfertigt: ich denke, ich erfülle meinen Beruf als Schriftsteller, ganz abgesehen davon, was mein Schreiben taugen mag. Und sagte man mir, daß alles, was ich schreibe, in Vergessenheit geraten wird, würde ich das höchstwahrscheinlich nicht mit Freuden aufnehmen, doch voller Zufriedenheit würde ich weiter schreiben. Für wen? Für niemanden, für mich selbst.

Jorge Luis Borges

6. März

Vor vierzehn Tagen oder einem Monat hat meine jetzige Frau beschlossen, in einem anderen Land zu leben. Es gab weder Vorwürfe noch Klagen. Ihr Magen und ihre Vagina gehören ihr. Wie auch sollte ich sie nicht verstehen, wo wir beide fast nichts anderes als den Hunger geteilt haben.
Wir trösteten uns manchmal mit Mahlzeiten, zu denen gute Freunde uns einluden; Klatsch, Diskussionen über Sartre, den Strukturalismus und die Farce, die die Rechten weltweit anerkannt sehen wollen, für die sie ihre Anhänger gut zu bezahlen wissen und die sie Postmoderne taufen. Wir hielten mit, stritten uns und schmückten die Bonmots mit unserem Lachen. Jene Abendessen, zu denen wir keinen einzigen Peso beisteuern konnten, boten einem etwaigen Beobachter, vielleicht einem der Tischgäste, die ihren Anteil an der Rechnung zahlten, einen wunderbaren Anblick. Denn Bewunderung verdiente die List, mit der sie und ich, weiter unbekümmert lachend, uns Stückchen Brot stibitzten, die in ihrer Handtasche oder in einer meiner Jackentaschen verschwanden. Auf diese Weise sicherten wir uns ein karges Frühstück für den nächsten Morgen, wenn wir im Bett der Pension aufwachen würden.
Die fast elenden Tage mehrten sich, und es obsiegte bei ihr die Überzeugung, daß ich als heillos gescheiterte Existenz geboren war.
Das Mädchen verbrachte die ganze Zeit im Bett, um Kräfte zu sparen, keine Kalorien zu vergeuden. Womöglich war es Winter. Ich glaube ja, bin aber nicht ganz sicher. Also: sie im Bett und ich unterwegs, die Avenida immer rauf und runter, in der Hoffnung, einem besonders freundlichen Menschen zu begegnen, den um Geld zu bitten ich mich

nicht demütigen müßte. Ich erinnere mich, daß es nicht mehr darum ging, nur einen Peso zu kriegen, damit wir zu essen hätten. Nie habe ich in den Zeitungen nachgeschaut, wie hoch gerade die Lebenshaltungskosten waren. Doch in jenen Tagen war das absolute Minimum auf fünf Pesos angestiegen.

Selten habe ich soviel zusammengekriegt, nicht weil man mich einfach stehenließ, sondern weil man einander verfehlte. Bei meinen Streifzügen in der Stadt nahm ich nur die Kinder aus. Nie habe ich Unterschiede beim Geschlecht gemacht. Wenige Frauen habe ich getroffen.

25. *März*

Ich erinnere mich, daß meine Frau, die jetzt nicht mehr da ist, mir wieder und wieder gesagt hatte: Ich weiß, daß ich dir Unglück bringe. Was sich aus ihrer Abwesenheit ergab, wird man nicht schon als Veränderung meines Loses bezeichnen können, doch plötzlich hatte ich neben meinen vielen Beschäftigungen andere, die sich in Eßwaren umsetzten. Einem der Freunde aus den Restaurants, wo wir die schönen goldkrustigen Stückchen Brot stibitzt hatten, die am nächsten Morgen geknuspert werden sollten, einem meiner blasierten Gastgeber mit mancherlei Beziehungen zu irgendeiner Politbagage, gelang es schließlich, mir eine Arbeit zu verschaffen. Das unbedingt Notwendige, um den Pensionswirt zu erfreuen und mein Essen zu bezahlen.

Gleich nach der guten Nachricht bemühte er sich redlich, meine Erwartungen zu dämpfen, und wand sich bei dem Versuch, mir zu erklären, worin meine soeben erlangte Arbeit bestand. Ich sagte ihm, daß es mir egal wäre, und sollte es die Portiersstelle in einem Bordell auf dem Lande sein, denn für mich gab es kein hartes Brot.

27. März

Auch erinnere ich mich, daß zu jener Zeit die Leute von Monte aus ihrer Stadt flohen, über den Fluß setzten und in die Großstadt kamen, die dann zur Hauptstadt der dritten Welt wurde, strotzend von Kartons und verrostetem Blech, woraus das bestand, was sie Häuser nannten, in Hunderten von krebsartig wuchernden Elendsvierteln, die jeden Tag näher rückten und den großen phallischen Stolz des Obelisken umdrängten. Vielleicht hatte der Hunger dort einen anderen Geschmack als in Monte. Immerhin waren diejenigen in Monte noch nicht so zahlreich, die Ambitionen hatten und es schafften, über den Fluß zu setzen, um – ein unverzichtbares Schicksal – an einer Ecke der Hauptstraße Rasierklingen und Kaugummi, Kleenex und Seifenstückchen, ausgetrocknete Kugelschreiber, Kämme und Streichholzheftchen zu verkaufen. Der Ertrag eines Tages würde bedeuten, eine Chorizo mit Brot zu kauen, falls ebenso verzweifelte Einheimische sie nicht verjagten.

Ich kann die aus Monte nicht vergessen, die von einer anderen Art zu leben träumten, die aufs Ganze gingen, die sich nicht scheuten, den Selbstmord als Wette dafür einzusetzen, wirklich in jenen europäischen Ländern zu leben, aus denen die Vorfahren kamen, aus Spanien und Italien, bevor sie sich vermischten und so die autochthone Rasse schufen.

Und jetzt, fünfhundert Jahre nachdem sie versehentlich von einem Genueser Seefahrer entdeckt wurden, dank

auch der Intuition einer Königin, die nie ihren Schmuck aufs Spiel setzte noch ihr Hemd wechselte, versuchten die Nachkommen verzweifelt, ihren Vorfahren einen Gegenbesuch abzustatten.
Sollten sie ruhig mit dem Morgengrauen vor Botschaften oder Konsulaten kilometerlange Schlangen bilden und mit kärglicher Hoffnung auf das Wunder eines Visums warten. Auf dem Flughafen konnte ich zwei einander widersprechende Graffiti lesen: »Der letzte, der geht, mache das Licht aus.« Und das andere bat flehentlich: »Geh nicht fort, Bruder.«

28. März

Dennoch glaubte ich am Anfang, daß man mir einen üblen Streich gespielt hatte. Es handelte sich um ein riesiges Gebäude, das sie Schuppen, Halle oder Hangar nannten. Ich hörte den Männern zu. Es wimmelte von Arbeitern mit nacktem Oberkörper und Shorts oder Schurzen aus Sackleinen. Zum größten Teil waren es große, kräftige Galicier, die sechzig Kilo schwere Säcke Getreide buckelten, als wäre es ein Kinderspiel. Und das acht Stunden täglich, falls es nicht noch zusätzliche Arbeit gab. In großen schwarzen Lettern stand an der hinteren Wand die Abkürzung S.O.S.
Zuerst musterte mich ein Halbkreis spöttischer Blicke, die, wie mir schien, meine Fähigkeiten in einem Kampf mit immer weiteren sechzig Kilo einschätzten. Keiner sagte etwas. Ich war der Fremde, und sie verpflichteten sich, mich zu hassen, waren entschlossen, mich aus ihrem Gebiet auszustoßen.
Ich war schon drauf und dran, vielen Dank und adiós zu

sagen, als mir ein Eingeborener in einem Kittel, der tags zuvor vielleicht weiß gewesen war, Trost brachte. Er zeigte auf einen Haufen Säcke, die mir als Sitz mit Rükkenlehne dienen konnten, dann auf ein rundes Loch am Boden und händigte mir ein kleines Messer aus. Dieser Mann wurde mit wenigen Worten mein Vorarbeiter.

So erfuhr ich, daß das runde Loch Mühltrichter hieß, daß der mit Weizen oder dem, was die Säcke enthielten, gefüttert werden mußte und daß dieser Apparat, der den Staub von den Körnern schied, kaputtgehen würde, sollte er nicht nachgefüllt werden. Auch erfuhr ich, daß man diese Arbeit eigens für mich erfunden zu haben schien. Ich erinnere mich an viele Wochen nächtlichen Glücks. Eine Arbeit ohne den unvermeidlichen Druck eines Chefs oder Vorgesetzten. Während ich einen Krimi las, in einer Zeitung oder Zeitschrift blätterte, beobachtete ich aus dem Augenwinkel den gierigen, gefräßig schluckenden Schlund des Mühltrichters. Und ich war ganz allein und friedvoll in der ewigen Nacht, die stets von elektrischem Licht erhellt war, da das riesige Gebäude keine Fenster hatte und die Tatsache gleichgültig war und ignoriert wurde, daß es draußen in der Stadt regnete oder eine gleißende Sonne wütete. Auch Wärme oder Kälte gab es dort nicht. Viele dicke und flinke Ratten, bei denen man nicht wußte, woher sie angeschossen kamen oder wohin sie wollten. Bloßes Geflitze, denn ein schmutzfarbenes Hündchen jagte sie und brachte es fertig, sie mit den Zähnen zu packen und ihnen das Genick zu brechen. Nie habe ich gesehen, daß es ihm mißlang. Und nach dem Erfolg kam er immer verzweifelt angelaufen, um aus einem großen Becken Wasser zu trinken oder sich den Ekel aus der Schnauze zu spülen.

Ich habe geschrieben: glückliche Nächte, aber es wäre richtiger, sie Nächte des Friedens zu nennen. Denn wenn ich dieses oder jenes Problem wälzte, handelte es sich nie um Probleme, die mir die Außenwelt bereitet hätte. Es waren meine Probleme, ganz und gar. Sie gehörten dieser besonderen Art von Problemen an, mit denen sich Millionen von Menschen herumgeschlagen haben, ohne sie zu lösen. Ich denke sie mir mit Vorliebe neben dem Feuer aus oder, wie damals, neben dem Mühltrichter. Alles war stille Nacht, heitere Nacht, bis ich eines Mittags die Anzeige in der Zeitung sah, die ein anderer Pensionsgast auf den benutzten Tellern des Mittagessens liegengelassen hatte. Selten lese ich Zeitung, ich brauche nur einen Blick auf die Schlagzeilen zu werfen, um mich in meiner alten Überzeugung bestärkt zu sehen, daß die menschliche Dummheit nicht ausstirbt. Die einzige glaubhafte Hoffnung, die man uns läßt, ist die atomare.

Die Anzeige unterschied sich in allem von den anderen auf der Seite. Sie bot einem Mann eine Stelle, »dessen Ehrgeiz keine Grenzen kennt und der bereit ist, zu reisen«. Mein Alter paßte sehr gut zwischen das Mindest- und Höchstalter, wie es als unerläßlich angegeben war. Nie werde ich die Telefonnummer vergessen, die ich mehrere Tage lang vergebens anrief, wozu ich die freien Stunden nutzte, die mir der Mühltrichter gewährte. Manchmal war das Telefon besetzt, und der Ton war der der Ewigkeit, oder ich stellte mir das vergebliche Klingeln in einem alten, menschenleeren Büro vor.

Wenn dringend ein Schiff beladen werden mußte, arbeitete S. O. S. auch am Samstagnachmittag. Doch zum Unglück für dieses Land geschah das nicht oft, so daß ich fast jeden Samstagnachmittag frei hatte. Und ich nutzte die Zeit, um eine Antwort zu erwirken. Vielleicht hatte diese Nummer auf ihrer Jagd nach einem ehrgeizigen Mann, der zu reisen gewillt ist, schon Erfolg gehabt. Doch eines Mittwochs im August, der mit seiner Kälte und seinem Regen sehr widerwärtig war, verwandelte sich die Telefonnummer in eine Stimme.

7. April

Ich versuche mich zu erinnern, wie jene Stimme klang, als ich sie das erste Mal hörte. Adjektive: sanft, feucht, einschmeichelnd, eben die Stimme, die man haben muß, um ohne Nachdruck an dem Angebot von irgend etwas Obszönem und leicht Gefährlichem festzuhalten.
Es war dieselbe Stimme, die mir beim Vorstellungsgespräch wiederholte: Sie müssen es wortwörtlich nehmen, daß die Letzten die Ersten sein werden.
Sie begleitete den Satz mit einem eher liebenswürdigen denn spöttischen kurzen Lachen. Das Büro befand sich in einem baufälligen Gebäude der Altstadt. Die Fassade war fast ganz bedeckt mit Schildern aus verschiedenem Material, die alle möglichen Berufe, Zauberer oder Fußpfleger, anboten. Das Büro war eine staubige Tristesse. Tisch aus Pinienholz, zwei ungleiche Stühle, Telefon und grüner metallener Karteikasten.
Und jetzt der Inserent, der in dieses Ambiente nicht passen wollte, der auf mich den seltsamen Eindruck eines Menschen machte, der zu nichts paßte. Nur das Gesicht, das paßte zu der Stimme. Es war ganz weiß, sehr groß im Verhältnis zu dem fast kindlichen, zu elegant gekleideten Körper. Eine Krawattennadel mit einem Diamanten, aber

kein Ring an den manikürten Fingern. Wenn er lächelte, wobei er ein kräftiges Pferdegebiß zeigte, stülpten sich die Lippen nach vorn und bildeten einen vollkommenen Kreis.
»Und wie weit, glauben Sie, könnte Ihr Ehrgeiz gehen?«
»Das kommt darauf an. Sie werden mir ja wohl nicht das Angebot machen, Schwarze oder irgendwelche Sklaven auszunutzen.«
»Ich muß Ihnen leider sagen, daß die Palette meines Angebots sehr klein ist. Ich verfüge nicht über diese Art Schändlichkeiten. Ihrem Ehrgeiz gemäß kann ich Ihnen folgenden Posten verschaffen: in ein fremdes Land gehen, nichts tun und viel Geld verdienen. Nichts tun, aber dafür sorgen, daß etwas getan wird. Und auch informieren.«

10. April

Ich machte bei der ominösen S. O. S. Schluß, indem ich Krankheit vorschob, und hatte drei weitere Besprechungen mit dem Mann, der sich Professor Paley nennen ließ, »obgleich das weder mein Name noch mein Titel ist. Auch für Sie habe ich einen anderen Namen und Beruf.«
Bei der zweiten oder der letzten Zusammenkunft tauchte das Wort Bestimmungsort auf. Der Professor fragte, ob mir der Name Santa María bekannt wäre. Ich sagte, ganz Süd- und Mittelamerika seien mit Städten oder Dörfern dieses Namens übersät.
»Ja, ich weiß. Aber unser Santa María ist etwas anderes.«
So beginne ich also, mehr oder weniger getreu, die Geschichte meines Abschieds von Monte aufzuzeichnen. Ich erinnere mich, daß ich damals den Leitspruch der *New York Times* stahl und mir schwor, alles aufzuschreiben, was wert wäre, aufgeschrieben zu werden.

12. April

Es fällt mir leicht, diese Aufzeichnungen zu beginnen, doch weiß ich nicht, ob ich das mir selbst gegebene Versprechen werde halten können, tagtäglich Aufzeichnungen zu machen. Denn noch weiß ich nicht, wohin ich komme und wozu man mich braucht.
Meine Situation in Monte ist ausgesprochen schlecht und grenzt an Angst, die mich aber nicht überwältigen soll, denn immer hilft mir die Erinnerung an einen Freund aus alten Tagen namens Kirilov oder so ähnlich. Ich habe gehört, daß man ihn aus seiner Partei ausgeschlossen hat.

28. April

Als ich Monte mit einem sträflich hervorragenden Curriculum vitae und einem frischen Ingenieurstitel in der Tasche verließ, war Professor Paley an meiner Seite und verabschiedete sich von mir erst in Santa María. Er hatte nicht viele Worte machen müssen, um mich davon zu überzeugen, daß es im Land meiner Geburt keine Arbeit für mich gab. Ohne mich zu drängen, ließ er mich einen Zweijahresvertrag unterschreiben, der mir ein Gehalt in guten Dollars verhieß. Mit vagen Erklärungen deutete er an, daß es nicht darum gehe, eine Talsperre oder ein Stauwehr zu bauen, sondern lediglich zu zementieren, was schon getan war. Da mir nach vielen Enttäuschungen verschiedener Art alles egal war, unterschrieb ich, was Paley wollte.
Anfangs, nach meiner Flucht aus Monte, nichts als Traurigkeit und Gefahr. Als ich dann den schlammigen und schläfrigen Fluß überquert hatte und noch einen anderen,

schmaleren Fluß hinaufgefahren war, der traditionell Bedrohung und Selbstmord bedeutete, kam ich eines frühen Morgens in Santa María an.

Doch mein offizieller Besuch in Santa María, den letzten und wichtigsten Teil meiner künftigen Aufgabe betreffend, erfolgte Tage später, als Paley, portugiesischer Jude und von meinen neuen Vorgesetzten der einzige, den ich kannte, mich in seinem schwedischen Wagen zum Fluß fuhr.

Lange betrachtete ich mir den landschaftlichen Aspekt meiner Zukunft. Links ein riesiger Wohnwagen an einem grauen Auto angekuppelt; gegenüber ein großes, schmutziges Haus, von dem Putz abbröckelte, und dann, über der Biegung des Flußlaufs, auf noch mehr unbekanntes Land von Santa María Nueva hinweisend, eine Brücke aus Bohlen mit Seilen als Geländer. Zur Rechten Bäume, Wälder, Dschungel.

Ich denke, daß jeder Leser sich anhand dieser Beschreibung eine Karte von jener Gegend Santa Marías zeichnen kann. Doch nicht einmal ich wußte, daß ich mich ganz allmählich, rhythmisiert vom monotonen Dahintröpfeln der Tage und vom Geraschel der Blätter Papier, der schmerzlichsten und vulgärsten Seite meines Unglücks näherte.

Dort war ich und sah mich um. Mit dem eingelösten Versprechen vieler Dollars, der Aussicht auf eine interessante und geisttötende Arbeit, in Erwartung einer langen, wenn auch nicht totalen Einsamkeit. Ich weiß nicht, ob es sehr viel später war, daß ich an den Leuchtturm im Río Negro denken mußte, den ich nie bewohnen sollte.

Parenthese: Es war in Monte, wo ich von der freien Stelle eines Leuchtturmwärters im Río Negro erfuhr, diesem

Fluß, der das Land fast genau in der Mitte teilt. Irgendein vaterlandsloser Zyniker hat mir einmal gesagt, der nördliche Teil sei für Brasilien bestimmt und der südliche für die Argentinier. Ich war allein und sehr arm und hatte nicht übel Lust, allem zu entfliehen. Dank familiärer Beziehungen sollte der Leuchtturm auf den Papieren der Bürokratie schließlich mir gehören. Doch als ich erfuhr, daß ich in meiner ersehnten Einsamkeit nur einmal alle sechs Monate von einer Barkasse gestört werden würde, die Konservendosen, deren Verfallsdaten abgelaufen waren, sowie alte Zeitungen brächte, machte ich einen Rückzieher, von einer Angst gepackt, die stärker war als die vor der Feuchtigkeit des nie benutzten Leuchtturms.

Vergessen sei also der Río Negro und sein hoher, zwinkernder Leuchtturm, der den Schiffern weiterhin den Kurs weisen wird. Wahrscheinlich hat man ihn privatisiert, und die Gebühren kassieren jetzt irgendwelche Nordländer.

Nun betrachte ich einen anderen Fluß, den ich für sanft halte. Dieses seltsame Szenarium sei kurz beschrieben; wie alle verlangt es Persönlichkeiten, Personen, Bewohner, die schon wenig später auftauchten und mir von dem angeblichen Portugiesen vorgestellt wurden.

Es war, als hätte er mit den Fingern geschnippt. Zuerst erschienen Tom, Dick und Harry in hohen Gummistiefeln und mit breitem einfältigem Lächeln, da oben in Oklahoma City oder Main Street oder Texas von Kindheit an gelernt. Ich fand sie sympathisch und grausam. Wir begrüßten uns: sie in verkrüppeltem Spanisch und ich in stotterndem Englisch. Mit großer Herzlichkeit gaben sie mir zu verstehen, daß das Stauwerk praktisch fertig sei und ich lediglich dazu taugen konnte, bei etwas Unbestimmtem, das sie nicht Verstrebungsarbeiten nannten,

unnötige Ratschläge zu geben. Auch erfuhr ich von ihnen, daß es jenseits der ängstlichen kleinen Brücke, weiter gen Osten, eine prosperierende Schweizer Kolonie gäbe, von der mir in einer entfliehenden Vergangenheit jemand mal erzählt hatte. Bei der bloßen Erwähnung der Kolonie wurden Tom, Dick und Harry gleich jünger, erröteten leicht, lachten und schlugen einander auf die breiten Schultern, gekräftigt auf den Sportplätzen der Universitäten, die jetzt so fern waren wie ihre erste Jugend.
Als sie sich wieder eingekriegt hatten, ergriff einer von ihnen, ich glaube, es war Dick, das Wort. Er erklärte mir, daß die Schweizer Kolonie heute keineswegs mehr eine Kolonie sei, sondern eine mächtige Stadt, der Zukunft zugewandt, ständig expandierend und ich weiß nicht mehr, was noch für Schönheiten und dummes Zeug. Ja, es war Dick, der die Lobeshymnen anstimmte. Es war ein Chor, und aufgrund unbewußter Gehirntätigkeit mußte ich an den Titel denken, den ein mir sehr lieber Freund einem pornographischen Buch zu geben versprochen hatte, das er nie zustande brachte: *Die Einmütigkeit der Mösen.* Hat nichts damit zu tun, aber er fiel mir nun mal ein.

1. Mai

Und hier befand ich mich an einem Ort, der nur für besessene Geographen existiert, genannt Santa María Este, wo ich mir die Vergangenheit abschüttelte, so wie eine überaus geliebte Hündin, die ich einmal hatte, ihre Flöhe loszuwerden versuchte, und mich mit meinem falschen Ingenieurstitel die Arbeit von etwa zwanzig ausgebeuteten Mestizen zu beaufsichtigen bemühte. Wir waren dabei, den Bau eines

Stauwerks zu beenden, wo das Land den Fluß zu einer Biegung zwang.

3. Mai

Es war die Stunde des Hungers, der Sonne direkt über unseren Köpfen. Wir befanden uns in dem Gebäude, das mir als Wohnhaus zugewiesen war, gebaut aus großen, kalten Steinen. Jemand war zum Caravan gegangen und kam nun zurück mit einer Flasche Whisky einer mir unbekannten Marke sowie einigen Plastikbechern. Einer der Gringos sagte mir:

»Jetzt müssen Sie noch Doña Eufrasia kennenlernen. Um gut mit ihr auszukommen, muß man die Form wahren. Sie werden sehen. Sie hat immer noch einen schönen Körper. Niemand weiß, ob sie dreißig oder vierzig ist. Zu drei Vierteln ist sie India und sehr herrschsüchtig, wenn man das zuläßt. Mit uns verkehrt sie in einer Art geharnischtem Frieden. Sie ist nach Este gegangen, um uns frische Lebensmittel zu besorgen. Sie haßt Konserven mehr als wir. Auf sie ist immer Verlaß, muß gleich zurücksein.«

Und da kam Doña Eufrasia auch schon; ein Körper, den ich begehrenswert fand, obgleich mit großen Hängebrüsten. Aber das Gesicht hatte sehr gelitten, es war besser, es nicht anzusehen; womöglich war sie einem dankbar dafür.

Da war sie, dunkelhäutig, schweißbedeckt und mit zerzaustem Haar, ein Tier mit einem Rucksack aus speckig glänzendem Leder, der meinen Freunden gehörte, und in jeder Hand ein Netz voller Eßwaren. Sie grüßte, indem sie den Kopf zur Seite warf, während meine Gringos mich ihr in einem wirren Durcheinander vorstellten. Sie setzte ihre Lasten ab und zeigte mir blitzartig ihr weißes Gebiß, das

im langsamen, genüßlichen Kauen des Kokablattes kurz innehielt. Wir drückten uns die Hände, und ich drückte ein Stück trockenes Holz, und ihre schwarzen Augen wie auch die meinen blickten trüb und spöttisch.
Aber ich wußte sofort, daß da noch etwas war. Ich hörte drei Befehlsworte: Grüß den Señor. Da schlüpfte aus der Obhut des langen weiten Rocks die verschüchterte Gestalt eines kleinen blonden Mädchens in einem kurzen Schottenröckchen und einer sauberen weißen Bluse, das einen mit großen hellen und gleichmütigen Augen ruhig musterte. Die Mutter insistierte:
»Elvirita, grüß.«
Und da sagte das Mädchen *salu*, wobei es eine Hand bewegte und seine klaren, unschuldigen Augen hob.
Erst viel später gestand ich mir ein, daß ich der Unschuldige gewesen war.
Die Frau sagte:
»Ein reizendes Kind, alle sagen das, und deshalb verwöhne ich es auch. Ich habe noch eins, heißt Josefina und ist dunkelhäutig wie der Vater. Ich weiß von ihr nur wenig. Man hat mir gesagt, daß sie bei einem Arzt wohnt, einem richtigen Arzt.«
Es genügte, Señora Eufrasias Hautfarbe zu sehen, um sich zu sagen, daß sie keiner obskuren Hilfe bedurfte, eine dunkelhäutige Tochter zu bekommen.
Es vergingen Monate mit eintönig sich wiederholenden Tagen. Immer am Wasser, um dessen Druck zu kontrollieren und die Mestizen zu beaufsichtigen, die für das Elend, das sie in ihren Hütten im Regenwald erwartete, ein wenig entschädigt wurden durch die Pfundmünzen, die meine Gringofreunde ihnen turnusmäßig alle vierzehn Tage in die Lohntüten steckten.

15. Mai

Das Wohnhaus viel zu groß und ganz weiß gestrichen, im Widerstreit mit der mörderischen Sonne, unbrauchbar in den Nächten, wenn die Hitze, reglos und resolut, auf uns, dem weißen Haus, der Welt, in der wir lebten, lastete. Blieben uns die erstarrten Welten der Erinnerung, aber sie waren uns keine Hilfe, man glaubte nicht mehr an sie. Und dann fing die Frotzelei an, denn Doña Eufrasia, unübertrefflich im Zubereiten des Locro-Eintopfes, in der Kunst, Fleisch zu braten, wobei sie immer wußte, wer es durchgebraten oder noch blutig mochte, begann langsam dick zu werden.

Wir waren vier: Tom, Dick, Harry und ich. Und die Hitze zwang uns, uns Lippen und Mund an Ajisoßen zu verbrennen. Auf diese Weise schwitzten wir mehr.

Eufrasia kochte, machte aus dem Haus ein Prunkstück übertriebener Sauberkeit, Eufrasia war glücklich und brauchte kein Lächeln, Eufrasia wurde immer dicker, Millimeter um Millimeter.

Jeden Sonntag machte sich Eufrasia frühmorgens auf den Weg zur Kirche in Santa María. Der Bau erinnerte an die spanische Kolonialzeit, und seine vier Ecken wurden regelmäßig rosa nachgestrichen. Sie hatte im Haus kaum etwas Eßbares dagelassen, und wir mußten darum würfeln, wer in die Kleinstadt gehen sollte, um Lebensmittel und Getränke zu kaufen. Und immer gingen wir zu zweit, um das träge Vergnügen auszukosten, uns an die Theke des *Chamamé* zu lehnen und einen Aperitif oder auch mehrere zu schlürfen. Man wußte nicht recht warum, aber die Sonntagmittage vergingen in Schweigen und ohne Groll, jeder vor seinem Glas, jeder das Regal voller Flaschen anstarrend, ohne es zu sehen, die feuchten Flecken auf der blinden Scheibe des Spiegels, der einstmals Feste, Paare, Schweizer mit rotem, sonnenverbranntem Gesicht widergespiegelt hatte.

Manchmal auch wurden die zwei sentimental, und es kam zu einer Art unerwünschtem Wettstreit mit Erinnerungen an Orte, Berge, Seen, Farmhäuser oder Städte aus Beton, Glas und Aluminium. Obendrein zeigte man sich Photos von albern lächelnden Frauen und sommersprossigen Kindern; alles Kontur gewinnend im Dunst von Anekdoten, die wir für definitiv und der Zeit verhaftet gehalten hatten.

Wir mußten zur Stunde der Siesta zurück sein. Nach der Reinigung von ihren Sünden im Beichtstuhl war Eufrasia, ohne zu ermüden, zur nördlichen Hüttensiedlung getrippelt, wo sie Familie hatte oder wo in der Einsamkeit und der Hitze vielleicht ein Mann auf sie wartete. Jetzt wurde Eufrasia Zentimeter um Zentimeter dicker.

Die Gringos erzählten mir, daß sie bei ihrer Untersuchung des Flußbetts, um den Standort des Stauwerks zu bestimmen, Berichte alter Eingeborener gehört hatten, die sich an ein starkes Anschwellen des Wassers erinnerten oder zu erinnern vorgaben, das das Tal überschwemmte und immer höher stieg, bis es die kleinen Hügel bedeckte und halb zerfallene Häuser, Tiere und alles, was lebte, mit sich riß. (Jedenfalls erinnerten sie sich an viele tote Großeltern, von der mächtigen Flut bis ins Meer fortgeschwemmt, und nie mehr hatte man von denen gehört.) Eines Tages, als die Tauchgänge zwecks Berechnung der Wassertiefe und Konsistenz des Schlamms für die Gringos schon Erinnerung waren, ganz am Anfang der Bauarbeiten, formte sich Eufrasias zunehmender Leibesumfang zu einem Spitzbauch aus.

Synthetisch vorgehend, in dem Versuch, ihr tiefes Verständnis für jenen Landstrich zum Ausdruck zu bringen, dem sie die Art von Kultur und die unerschütterlichen Methoden des Gewinns und der Ausbeutung gebracht hatten, die dort oben in der Devise ihres einzigen Banners: *In gold we trust* proklamiert werden, wurde gespöttelt:

»Wir kennen die Mutter des Lamms.«

»Man kann sich denken, wer der Vater des Geschöpfes ist.«

Und die drei rosigen, sommersprossigen Gesichter, die sie behalten würden auch noch in der Stunde der Heimkehr, der Klapse auf den Rücken als Zeichen der Freundschaft, auf den von ihren jeweiligen Ehefrauen arrangierten oder überwachten Cocktailpartys, diese Gesichter wiederholten über das unzähmbare Bäuchlein abgedroschene Witze:

»An dem Sonntag haben wir euch beide allein gelassen, und ich habe gesehen, wie deine Augen glänzten.«

»Man muß gesehen haben, wie sie dich bevorzugt, wenn sie das Essen austeilt.«

»Sie tut, als sähe sie dich nicht.«

»Wenn zwei sich lieben, das riecht man.«

»Es muß gleich nach unserer Ankunft passiert sein. Denn es dürfte sich nur noch um wenige Tage, vielleicht nur um Stunden handeln.«

»Wenn's da ist, werden wir ja sehen, wem es ähnelt.«

Eufrasia, gleichmütig, so unbekümmert um ihren Bauch wie um den Augenblick, da die Wehen einsetzen würden, hielt das Haus sauber, beköstigte uns mit Linsen, Gemüse und einmal die Woche mit etwas Fleisch. Und sie trippelte, ohne einen Sonntag auszulassen, zur Kirche und zu der Hüttensiedlung im Norden. An jenem Tag hatte sie uns wie immer Teigtaschen mit Quittenmus hingestellt. Fortwährend betete sie die Vaterunser und Ave Marias herunter, die der Priester ihr verordnet hatte. Und bei jedem mehr oder weniger kurzen Schritt vergrößerte sich ihr Glück und schwitzte sie mehr; sie fühlte sich rein, gesegnet, geweiht, bereit, zur ewigen Glückseligkeit des Himmels aufzusteigen.

Wir vier Männer aber hatten keine Kirche; außerdem mußten wir uns an die langweiligen, immer zweifelhaften siebzehn Konservendosen halten. Wir hatten weder eine Kirche noch einen Kerosin-Kühlschrank. Denn Tom war Baptist, Dick Methodist, Harry Jude, und ich hatte meinen vagen Papistenglauben schon lange verloren.

In jenem fast leeren Haus untergebracht zu sein war nicht unsere Schuld, es war Gottes Wille. Wenn Angst in ihnen aufstieg, wenn sie Gewissensbisse bekamen, dann vertrieben sie diese mit dem nächtlichen Gebet und der Lektüre der Bibel. Es war anzunehmen, daß sie nicht übereinstimmten in der Deutung von Bibelsprüchen, gewundenen Phrasen, hartnäckigen Wiederholungen von Ungeheuerlichkeiten und von derart schrecklichen Drohungen, daß diese sie von dem Papier, worauf sie gedruckt waren, dröhnend anzuspringen schienen.

20. *Mai*

Doña Eufrasias Fußwanderungen mit dem an ihrem Arm dahinzuckelnden blonden Mädchen nach Santa María Este, in Wirklichkeit eine Schweizer Kolonie, ließen letztlich auf andere Motive schließen als den Besuch bei den Paten. Bei jeder Rückkehr betrachteten Tom, Dick und

Harry unauffällig ihren schwellenden Leib und wetteten, wie viele Monate noch fehlten, und sogar, welchen Geschlechts das Ungeborene sei. Nie habe ich mich an dem Spiel dieser Prophezeiungen beteiligen wollen, die sie vor der Frau geheimzuhalten suchten. Doch einmal hörte ich Eufrasia mit ganz ruhiger und sanfter Stimme zu ich weiß nicht wem von ihnen sagen:

»Sicher hat Ihre Frau Mutter dasselbe getan.«

Niemand antwortete, und wir alle taten, als wären wir ganz von irgendwelchen Nichtigkeiten in Anspruch genommen, um die Erinnerung an die nie erlebte Tatsache zu verscheuchen: Mutter in der Horizontalen, mit gespreizten Beinen und flehend, Vater völlig weg, wütig am Schweiß ihrer Brust klebend, sich des lächerlichen Auf und Ab seiner kargen männlichen Hinterbacken nicht bewußt.

4. Juni

Für uns, die wir unter den Bäumen dösten, kam es überraschend. Es war ein schwüler Nachmittag, und wir konnten dort oben schwarze Wölkchen ausmachen, die sich langsam versammelten und schließlich eine geschlossene Decke bildeten. Doña Eufrasia, die im großen Trog Wäsche wusch oder Teller spülte, muß es mit einem Schmerz, einem Schrei, einem schmutzigen Wort gekommen sein. Mit überaus vorsichtigen kleinen Schritten erreichte sie die Tür und verschwand schließlich im kühlen Halbdunkel des Hauses. Ich war der erste, der von dem Schrecken wach wurde. Im Zickzack lief ich unter das Fenster von Eufrasias Zimmer, kauerte mich mit dem Rücken zur Wand hin und horchte. Wie immer konnte ich mir Eufrasia nicht weinend vorstellen, was ich hörte, war kein Weinen, sondern leises Winseln junger blinder Hunde. Während die Burschen, in ihrer Siesta durch mein wildes Rennen zum Wohnhaus aufgeschreckt, sich näherten, wurde das Wimmern immer stärker. Es wuchs sich aus zu einem Schreien; in den Pausen zu einem Gestammel, zur Anrufung der Allerheiligsten Jungfrau Maria und der heiligen Carolina, Märtyrerin und ebenfalls Jungfrau, Schutzpatronin der Gebärenden. Das Kreißen wurde immer lauter, und ich wußte, daß sie sich vor Schmerzen wälzte, hörte, wie sie Gebete mit Flüchen würzte, denen zufolge alle Männer der Welt vor tausend Schlechtigkeiten stinken, und gelobte, uns als Latrinen zu benutzen, wir alle seien Söhne ausgemachter Hurenmütter.

Und da waren wir, vier Männer, machtlos, hörten den Schmerz, waren auch beschämt, denn wir spürten, daß hinter den Wänden ein Mysterium seinen Anfang nahm, das erste des Lebens, das, mit Blut und Kot befleckt, Gestalt annehmen würde, um sich, vielleicht in vielen Jahren, einem anderen Mysterium, dem letzten, zu nähern. Und wir waren nur Männer, und unser armseliger Beitrag war nur ein kurzer und riesiger Augenblick des Glücks gewesen, längst vergessen, in der Zeit verlorengegangen.

Von draußen hörte man, wie Eufrasias Jammern und Klagen mal lauter, mal leiser wurde, denn sicher biß die Frau in irgendeinen schmutzigen Lappen, um Schmerzen und Schreie zu unterdrücken. Manchmal auch hielt sie inne, um näselnd zu beten, und man konnte ihr Klagen verstehen.

»Ach, heilige Carolina, wie leicht war es, hereinzukommen, und wie schwer ist es, herauszukommen.«

Die anderen waren zum Schuppen gelaufen, um das

Fleisch für den Braten zu holen, den sie zusammen mit einem sonderbaren Salat aus Hülsenfrüchten und Blättern irgendwelcher stark duftender Pflanzen essen würden.
Mit jedem Seufzer wurde ich nervöser. Als ich spürte, daß es mir zuviel wurde, rappelte ich mich auf und sagte ihnen:
»Das halte ich nicht aus. Ich fahre nach Santa María Vieja, wo es noch ein Krankenhaus gibt. Hole eine Hebamme, eine Geburtshelferin oder einen Arzt. Wenn wir Eufrasia allein lassen, wird sie uns sterben.«
Der Himmel war bewölkt, und bei der feuchten Hitze geriet man ins Schwitzen. Als ich zum Jeep ging, hörte ich einen meiner WASP-Freunde sagen:
»Unter Schmerzen sollst du gebären.«
Ich stieg schließlich in den Jeep und ließ den Motor an, entschlossen, in den Ort zu fahren, um eine Hebamme für die Gebärende zu holen. Ich trat aufs Gas und fuhr los. Viele Kilometer waren zu fahren, doch der Tank war voll. Obgleich ich später öfter nach Santa María Vieja fuhr, hin und zurück, habe ich nie in Erfahrung gebracht, wie viele Meilen es waren. Ich preschte dahin durch Staub und Hitze, die immer noch zunahm.
Während ich an jenem Nachmittag, der der Tag der großen Geburt getauft wurde, im Jeep saß, war mir bewußt, daß zu meiner Rechten der Fluß war. Die Fischerhütten immer weiß, gepflegt und sauber, die lange Reihe der Boote und der Lärm der Kinder, die so schmutzig wie glücklich waren, unbekümmert um die wiederholte mütterliche Ermahnung: Ertrink mir nicht, oder ich bring dich um.
Ich fuhr immer parallel dazu. Monate zuvor hatte ich jene Küstenregion aus quasi touristischer Neugier besucht, un-

ter dem Vorwand, frische Meerraben zu kaufen, um sie *a la brasa* zu braten. Ich erinnere mich, wie von seinem Boot aus ein halbnackter Mann, der nicht den sympathischen Tonfall der Sanmarianer hatte, mich belehrte, Sie meinen wohl *a la vasca*. Ich argwöhnte, daß man mich betrügen wollte, aber ich hatte sie falsch eingeschätzt. Auch hörte ich unverständliche Sprachen, aus fernsten Ländern mitgebracht. Auf einer meiner Fahrten alle zwei Wochen erklärte Díaz mir das Sprachgewirr.

Etwas weiter, schon nahe der Stadt, wurde der Fluß sanfter, und an den kleinen Buchten versammelten sich die Sonntagsangler. Ich versuchte einer hypothetischen geraden Linie zu folgen, wühlte trockene Erde auf, so daß Staub aufwirbelte, der mich beim Herabsinken völlig einhüllte. Und plötzlich, ohne Warnung, ein riesiges Loch, meterbreit, das den nicht trassierten Weg, der nach Santa María Vieja führte, als tiefer Graben von einer Seite zur anderen durchschnitt.

Der Abgrund direkt vor meinem Jeep. Man hatte mich vor ihm schon gewarnt, aber natürlich konnte mir niemand sagen, an welcher Stelle der Strecke er sich auftat, um Reisende zu verschlingen. Unter schwachen Flüchen – Flüche verlieren immer an Kraft, wenn sie keinem konkreten Menschen gelten – entdeckte ich, daß zur Linken jemand zwei lange und starke Bretter hingelegt hatte, die sich anboten, den Sturz zu vermeiden. Ich fragte mich, ob solch eine primitive Brücke das Gewicht des Jeeps und das meine wohl aushalten würde. Wahrscheinlich habe ich lange überlegt, bevor ich das Fahrzeug entsprechend ausrichtete und langsam über die ächzenden Bretter fuhr. Später hörte ich, daß dieses verdammte Loch Barranco Yaco genannt wurde, doch niemand konnte mir sagen, warum.

Und dann fuhr ich durch Gassen, Straßen, Avenidas und kam zu einem kleinen Platz mit einem fragwürdigen unberittenen Helden. Dort stand er, groß und grau, in einem bleiernen Gehrock steckend, mit beiden Händen geduldig eine in ein Weinblatt geschmiegte Traube mit dicken Beeren haltend. Santa María war ein großes Modell einer geplanten öden Stadt mit vielen jungen Eukalyptusbäumen, mit heruntergelassenen eisernen Rolläden, die verschiedene geschäftliche Tätigkeiten verbargen und verboten.
Da begann ich, Schicksale und Vergangenheiten auszuteilen.
Kein Vorhang, keine verschlossene Tür vermochte mir Aufschluß über Anwesenheit oder vorübergehende Abwesenheit eines Arztes zu geben. Kein weißer Kittel, kein strahlendes, durch Gebißregulierung stets gleiches Willkommenslächeln. Und die Eufrasia starb mir darüber. Bis ich ihn sah, aus dem Nirgendwo aufgetaucht, aus keiner verschlossenen Tür, aus keinem Gerassel hochgezogenen Metalls. Er stand nahe dem Eingang, den ich vielleicht mit den *Artículos navales* hätte in Verbindung bringen müssen. Er sah mit Verblüffung, wie ein Jeep und dessen Fahrer in die Einsamkeit eindrangen.
Die Entfernung zwischen uns betrug etwa fünfzig Meter. Er steckte in einem Overall, war groß, stämmig und frisch rasiert.
Wir sahen einander an, bis er lächelte und näher kam, in wiegendem Gang, um auf dem Deck eines schlingernden Schiffes das Gleichgewicht zu behalten. Nein, es handelte sich um kein erdenkliches Meer. Die Vorsicht der Schritte war die Folge der ausgiebigen alkoholischen Feier seiner Nacht.
Er lächelte freundlich.

»Antonio, zu Diensten«, sagte er. Ich nannte ihm meinen Namen, und wir gaben uns die Hand, ohne sie fest zu drücken.

»Woher kommen Sie, junger Mann?« fragte er etwas skeptisch.

Ich weiß nicht, warum mir als Antwort ein nettes Liedchen einfiel, das aus irgendeiner Provinz sein mußte.

»Ich komme von da unten, vom Fluß, und bin auf der Suche nach einem Arzt oder einer Hebamme für eine Frau, die sich verzweifelt anstrengt zu gebären, doch es nicht schafft.«

»Vom Fluß«, begann der Mann zu verstehen und schob mit einem Fuß die große Reisetasche beiseite, die er hinter sich hergeschleift hatte und die ich erst jetzt bemerkte. »Kenne ich, kannte ich und kenne ich, Gottseidank, nicht mehr, konnte ich vergessen, als die Lage sich besserte.«

»Sie waren dort?« fragte ich. »Wann, zu welcher Zeit?«

»Ist lange her, war eine unglückliche Zeit. Und Sie wissen ja, das Unglück, wie ein Freund sagen würde, ist wie Grind, der einem den ganzen Körper bedeckt, ohne daß man gesündigt hat, und wenn einem das zustößt, dann weil Gott oder das Schicksal es so wollten.«

»Das kann ich gut verstehen. Aber ich hätte gern gewußt, warum Santa María so menschenleer ist.«

»Nun«, sagte er lachend, »ich bin noch hier. Aber jetzt gehe auch ich. Hat man Ihnen nichts davon gesagt? Wo Sie doch Hilfe holen wollen für diese unglückliche ...«

»Man hat mir nichts davon gesagt, oder man wußte es nicht. Meine Mitarbeiter sind Gringos. Was wissen die schon von Kirchenfesten.«

»Aber es kommt mir so vor, daß Sie, mit Verlaub, mehr

oder weniger auch so ein Gringo sind. Ich will Ihnen sagen, was ich vermute: Sie sind ein *che.*«

»Stimmt. Aber ich bin ein *che* aus Uruguay.«

»Ah, Pardon. Ich habe Sie fälschlicherweise für einen Porteño gehalten, die uns so zu schaffen gemacht haben. Lassen Sie sich umarmen.«

Und Eufrasia verblutete.

Als ich mich aus der Umarmung befreit hatte, kam ich auf mein dringendes Anliegen zurück. Der Mann erwiderte:

»Ich werde Ihnen alles in zwei Worten erklären. Wir haben heute Donnerstag, und auf den fällt dieses Jahr das Fest des San Cono, das ist der Schutzpatron der Stadt. Alle Städte haben einen. Hier nennen wir so was Brücke machen. Ich weiß nicht, ob Sie mich verstehen. Schauen Sie: Donnerstag San Cono, Freitag wird überbrückt, und Samstag und Sonntag wird sowieso nicht gearbeitet. Die Reichen kommen frühestens am Montag von ihren Ausflügen zurück. Jene, die sich auf der Hin- oder Rückfahrt nicht zu Tode gefahren haben. Auch ohne verlängertes Wochenende tötet San Cono jedes Jahr mehr Christenmenschen. Und es ist ihm egal, ob Frauen oder Kinder. Es steht in den Statistiken, und die lügen nicht. Uns Armen aber kann unser San Cono als Hoffnung auf etwas Geld nur willkommen sein. Fast immer nur Kleingeld. Wir, meine Frau und ich, verkaufen Spezialitäten des Festes, Snacks und Erfrischungen, wenn auch ohne Eis. Andere Leute, Freunde von uns, verkaufen auch auf dem Flohmarkt, der Feria de Yaro oder auf dem Rastro. Jeder versucht sein Glück.«

»Klar. Aber ich bin wegen dieser Frau gekommen, die ...«

»Ja, Señor. Und ich lenke nur ab und halte Sie auf. Doch wovon halte ich Sie ab? Wenn Sie sie nicht mitgebracht haben, dann ging das wahrscheinlich nicht. Aber auch für das Krankenhaus ist San Cono. Die behandeln nur Notfälle, und von dort wird niemand bis zur Baustelle am Fluß fahren. Hebamme kenne ich keine. Und noch weniger eine Geburtshelferin. Doch da fällt mir eine Möglichkeit ein, aber ich gebe Ihnen keine Garantie. Bleibt nur der Doktor Díaz Grey, allerdings weiß ich nicht, was sich daraus ergeben könnte. Für mich hat das Haus was Mysteriöses. Nun denn. Sie werden leicht hinfinden.«

»Díaz, sagen Sie?«

»Ja, der Arzt, der reich geheiratet hat. Also fahren Sie hier links immer geradeaus, und wenn Sie die Tankstelle sehen, biegen Sie einen Häuserblock vorher links ein, bis zum Eukalyptuswald, dann schauen Sie zum Fluß hin, da ist das klotzige Haus auf Stelzen, das der verrückte Alte gebaut hat, Millionär nach seinem Tod. Sie können es nicht verfehlen. Klopfen Sie, bis man aufmacht, denn diese Leute haben einen Monat Personal und einen Monat nicht. Gute Menschen, nichts gegen sie zu sagen; nur etwas sonderbar, Señor.«

Ich bedankte mich mehrmals und befolgte seinen Rat. Mit meinen schweren Stiefeln stapfte ich durch das Labyrinth, das er mir beschrieben hatte, und befand mich schließlich dem seltsamen Haus gegenüber, das Díaz Grey, Arzt, mit seiner Frau und seinen Dienstboten bewohnte.

Es waren nur noch ein paar Schritte bis dort hinüber. Gerade wollte ich auf das Haus zugehen, als mich zu meiner Linken Stimmengewirr, ein von Musik und Liedern schleppend rhythmisiertes Trotten, ablenkte und davon abbrachte.

Ich hörte es zunächst als ein Gemurmel, ein Geleier, das sich von der Kirche her dem Platz näherte. Dann sah ich Schatten und gleich darauf den Glanz der Kerzen. Die Prozession wurde angeführt von einem Priester, der vielleicht noch beleibter war als jene, die den sonoren Zug bildeten. In Weiß und Gold gewandet, ging er mit einem Kreuz voran, das er weder trug noch ertrug, denn es war anzunehmen, daß der Sakristan es aus zwei leichten Pinienholzlatten zusammengenagelt hatte. So brauchte er es nur hochzuhalten samt seiner dicken inkrustierten Kerze am Lattenkreuz, deren Flamme bei dem gemessenen Schreiten des Priesters erzitterte, der den Gesang intonierte:

Señor Brausen
in deiner Barmherzigkeit
laß es regnen
und verbanne die Sonne.

Mitunter meinte ich zu hören:

in meiner Barmherzigkeit ...

Dahinter stimmten die Repräsentanten des grausamen Zynismus, die Reichen, die Großgrundbesitzer und die Ausbeuter der Landarbeiter, die sich die fortschrittlichen Kräfte der Nation nannten und nennen ließen, der Herrlichkeit des Gedichts begeistert zu und zogen ihre Lackschuhe durch den Staub. In Wiegen der Habsucht geboren, ignorierten sie die Landarbeiter, wie sie alles ignorierten; alles, außer dem Preis für Getreide, Kühe und Wolle. Sie ignorierten, daß derjenige, dem der Centimo bestimmt ist, nie auf einen halben Real kommt. Sie ignorierten, daß ein Flecken Erde, dem es bestimmt ist, Provinz zu sein, nie ein Land sein wird. Und sie wußten nichts von den von ihnen zu Tieren gemachten Wesen, von schmutzigen Abfällen, von saurem Schweiß, von Hanfschuhen, die über die Erde schleifen, dieser einzigen Freundin angesichts wiederholter schäbiger Versprechungen, immer fremd, in ständiger Erwartung, in ihren Löchern das Ende von Leiden und Hoffnungen bewillkommnen zu dürfen. Sie waren die Träger von Kerzen mit zitternden Flammen, welche zu der noch zunehmenden Hitze in dieser Nacht unnötigerweise beitrugen.

Dann massierte sich der Schwachsinn, und im Innern der Kirche kam es zu einer fürchterlichen Explosion. Ich konnte nur die beiden abgenutzten Namen Sodom und Gomorrha heraushören und machte mich wortlos und ohne ein Lächeln darüber lustig. Nicht erwähnt wurden die begehrenswerten ephebischen Engel, nach denen, Demokratie praktizierend, das Volk von Sodom verlangte. Indes versäumte der pompös herausgeputzte Priester nicht, einen Feuerregen heraufzubeschwören, der sogleich an die ekelhafte Hitze gemahnte, die Stadt, Kreis, Provinz, Land oder Reich namens Santa María heimsuchte. Und er heulte dem elenden Lumpenpack etwas von verdorbenen Ernten vor, an denen sie schuld seien, daß die Dürre oder Trockenheit von Unserem Herrn, dem Erbarmungsreichen, den furchtsamen Zuhörern für die schrecklichen und schmutzigen Sünden als Strafe auferlegt worden war. Die armen Tagelöhner, Männer, die nie Männer begehrt hatten, hungrige Frauen voller Begierde, die nie Frauen begehrt hatten, die nur das göttliche Gebot der Fortpflanzung zu erfüllen wußten, die Beine spreizten und Kinder gebaren, welche fast immer die seltsame Gewohnheit hatten zu sterben, bevor sie in den Brutkasten des *Hospital Mariano-Suizo* gelangten, wo man sie manchmal aufnahm.

Wahrscheinlich waren die abscheulichen Sünden von den Apothekern, Lehrern, Gemeindevorstehern, Großgrundbesitzern und Kaziken begangen worden. Vielleicht von dem gut gekleideten und gut genährten Gesindel, das sich in den zahlreichen Zimmern des Bordells heimliche Zusammenkünfte leisten konnte und aus der Hauptstadt gut gekleidete und gut geschminkte Huren mit gut gefärbtem Haar holte, um bei exquisiten Getränken das zu veranstalten, was sie eine Lustbarkeit nannten.

Aber es ist wahr, daß nach der Prozession und der geheuchelten prophetischen Entrüstung des Priesters sich der Himmel zu bewölken begann und man den nahenden Donner hörte. Am Ende der schmalen Gasse streifte ein letzter orange- und ockerfarbener Sonnenstrahl, unbegreiflich bei dem Regen, auf der Suche nach einem Schlupfwinkel in der Kirche ein Onanisten-Paar in Soutane.

Fast gleich darauf, für immer sich über den Himmel ausbreitend, entlud sich, barsch, bombastisch, mit dicken Tropfen, ein Sommergewitter, geräuschvoll, nicht enden wollend.

Ich stand jetzt fast direkt vor dem Haus. Ein weißer, einem Schuhkarton ähnelnder rechteckiger Bau ohne jeglichen Reiz, gestützt von vierzehn Pfeilern. In diesem Augenblick begann ein feiner Regen vereinzelter silberner Fäden. Ich spürte, wie das Wasser mir den Nacken hinunterlief, als ich auf das Haus des Arztes zuging. Man hatte mir gesagt, daß es im Garten einmal Marmorstatuen gegeben habe, nun aber war er schlicht und ungepflegt. Ich stieß die große schwarze Eisenpforte mit den verschlungenen Initialen J. P. auf.

Im schon feuchten blauen Overall gegen die feindselige Tür gepreßt, vor dem Regen etwas geschützt durch ein Vordach, das wie eine kindliche Herausforderung hervorkragte, drückte ich wütend und grob auf die Klingel. Ich

war allein und zitterte, und die Landschaft in der Abenddämmerung war auch einsam und zitterte leicht hinter den jetzt dicken Schnüren des Regens.
Ungestüm öffnete schließlich eine Hand und ließ die Tür gegen die Wand knallen. Ich nahm die Mütze mit dem verblichenen Emblem einer Erdölfirma ab und sah mich einer sehr großen, hageren und sehr blonden Frau gegenüber, die schweigend ein schönes Gebiß entblößte, während sie über meine Schulter hinweg in das Dunkel der Landschaft dort draußen blickte. Da war noch ein wenig von Kindheit in ihren hellen, halb geöffneten Augen – ein wütendes, herausforderndes Licht, das sich rasch zurücknahm –, ein wenig auch in der flachen Brust, dem Herrenhemd und der kleinen Samtschleife um den Hals; eine überzeugende Nachahmung von Kindheit in den langen Beinen, in dem kargen Hintern eines Jungen in der lose sitzenden Reithose. Ihre oberen Zähne waren groß und vorstehend, das Gesicht erstaunt und aufmerksam.
Immer noch lächelnd, sagte sie in unzusammenhängenden Sätzen ohne Akzentuierung:
»Was für schlimme Nächte wir sind nämlich allein und bei jedem Regen der nie auf dem Lande niedergeht springen uns die Sicherungen raus und der Doktor mein Vater wird ungehalten und man muß dauernd mit den gräßlich stinkenden Lampen herumlaufen doch kommen Sie nur herein und trocknen sich während ich fragen gehe.«
Ein kindliches Lachen, und sie verschwand in der Wärme des Hauses, die Tür offenlassend.
Allein gelassen und unschlüssig, folgte ich nach einer Weile dem Geräusch der Schritte der Frau. Ich ging durch einen Flur, der leicht nach Leder roch, und blieb in einem Bogengang stehen, an dessen beiden Seiten dunkle Vorhänge her-

abhingen. Weiter hinten im Innern war ein erleuchteter und warmer Raum. Die Frau, an dem großen Tisch mit grüner Decke sitzend, hatte sich beruhigt und war bemüht, ihr Lächeln beizubehalten, das jetzt etwas dünner war und sichtlich niemandem galt.

Vor der gewölbten Scheibe eines großen Fensters, das auf den Fluß hinausging, stand ruhig, mit dem Rücken zu mir, ein Mann in einem weißen Kittel und sah nach draußen.

Nervös angesichts der Stille und der Reglosigkeit hüstelte ich zweimal, und der Mann im Kittel drehte sich um. Er war hager, hatte schütteres blondes Haar, und die Kontur der Lippen war von der Zeit und vom Überdruß zernagt. Er grüßte mich mit einem Kopfnicken und sagte, als spräche er mit sich:

»Die Tür. Wir werden erfrieren.«

Die Frau stand auf, ging apathisch noch einmal die paar Meter bis zur Tür zurück und schloß sie mit einem heftigen Knall. Dann legte sie Kette und Riegel vor.

Just bei diesem Gerassel begann der Mann wieder zu reden:

»Ich habe Sie nicht erwartet«, sagte er, und es lag eine große Müdigkeit in der ernsten Stimme. »In Wirklichkeit habe ich niemanden erwartet. Gewiß, manchmal kommt jemand, irgendein Trottel von der Polizei. Aber immer, ohne daß ich es geahnt hätte. Setzen Sie sich doch bitte dort in den Sessel, neben dem Heizofen. Ich werde ihn gleich einschalten. Und dabei konnte man heute morgen kaum atmen. Solch eine Hitze selbst bei geöffnetem Fenster.«

Die Frau kam zurück, schweigsam, ihr Lächeln war verschwunden, sie blickte in die Nacht, die sich draußen vollendete, von ihr getrennt durch die Fensterscheibe

und die nunmehr unnützen Vorhänge. Plötzlich stellte ich fest, daß sie weggegangen war, ohne daß ich es bemerkt hatte.
»Ein unvorhergesehener, aber vorsorglicher Besuch, der Ihre«, sagte der Arzt. »Wie oft habe ich mir irgendeinen Idioten anhören müssen, der im Glauben, etwas Neues zu sagen, versichert, vorbeugen ist besser als heilen. Und der das verkündet, als wäre ihm das Geheimnis gerade auf dem Berge Sinai offenbart worden. Sie ist meine Frau, meine kranke Frau. Ich pflege sie, möchte sie beschützen, tue das seit ihrer Kindheit. Vielleicht komme ich auf dieses Thema noch zurück. Erzählen Sie mir jetzt bitte, warum Sie mich aufgesucht haben. Ich bin eigentlich kein Arzt mehr. Ich habe viel Geld, das ich, wenn man's genau nimmt, nicht meines nennen kann. Ich spiele aus Neugier den Gerichtsmediziner. Aus böser, perverser Neugier vielleicht. Obgleich ich morgens oft ins Krankenhaus gehe. Rius, mein Nachfolger, fragt mich über Kranke und Krankheiten um Rat. Er glaubt, daß ich viel weiß. In Wirklichkeit ist das, was wir beide wissen, sehr wenig. Die Medizin ist nichts weiter als ein Mittel, den Tod hinauszuschieben. Ah, entschuldigen Sie.«
Er erhob sich, ging um den Schreibtisch herum zu der Tür, durch die die Frau hinausgegangen war, und rief, ja brüllte fast:
»Kind. Den Zwölfjährigen und Gläser. Geduld, nur Geduld, es fehlt nur noch wenig.«
Er ging zu seinem Stuhl oder Sessel zurück und öffnete ein Kästchen voller Zigaretten, das er mir, der ich meinen Unwillen zügelte und abwartete, zuschob.
»Ich bitte nochmals um Verzeihung«, sagte er lächelnd. »Jetzt rauchen wir erst mal, und Sie erzählen, und ich

höre zu, denn das ist meine Aufgabe; und es geht nicht darum, sich nur Worte anzuhören.«

»Sehr interessant, wirklich. Besten Dank«, spottete ich. »Aber ich bin hergekommen in der Hoffnung, das Leben einer Frau zu retten. Bei so vielen merkwürdigen Zwischenfällen ist die Unglückliche auf ihrer dreckigen Pritsche vielleicht schon gestorben.«

»Kenne ich. Mit Gras gefüllte Säcke. Kann mich erinnern. Ich erzähl's Ihnen später. Welche Krankheit?«

»Ganz einfach. Sie soll gebären und kann nicht. Nur Scheiße und Blut.«

»Ja, das ist die Poesie aller Geburten. Eine Weiße, eine India, eine Mestizin?«

»Mestizin, würde ich sagen. Ihre Haut ist fast die einer Schwarzen, nicht aber die Gesichtsform, die Knochen. Und stellen Sie sich vor, Doktor: sie hat eine hellhäutige, blondhaarige Tochter.«

»Merkwürdig. Irgendein Deutsch-Schweizer, der nicht an den Rassismus dachte. Eine sexuelle Notlage. Ist verzeihlich.«

»Mag sein. Mich interessieren weder die Vererbungsgesetze noch die amouröse Vergangenheit der Frau. Und so frage ich Sie, was können wir tun, was gedenken Sie zu tun?«

Der Arzt zündete sich eine Zigarette an und reichte mir Feuer.

»Danke, ich rauche nicht«, log ich, ohne zu wissen, warum.

»Ich gratuliere Ihnen. Was ich tun werde? Nichts. Hören Sie. Nicht mich, sondern das Prasseln des Hagels gegen das Fenster. Ich muß an den Genser-Graben denken, der ist bestimmt voller Wasser. Den überquert weder ein Jeep noch ein Panzer. Das ist das eine. Zum andern sind diese Indias bekanntlich robuster als Kühe oder Stuten. Für sie gibt es kein Puerperalfieber, denn sie wissen nicht, wie man das ausspricht. Wenn sie diese tödliche Bedrohung hören, denken sie womöglich, es handle sich um den Namen des neuen Gemeindevorstehers. Der Milizionär Got ernennt jährlich einen neuen. Und in dem einen Jahr ihres Amtes müssen sie genug zusammenstehlen, um im Ruhestand von den Zinsen leben zu können. Sehen Sie: hier gibt es eine Küste, gibt es Grenzen, und Schmuggelware ganz nach Wahl.«

»Ja, das ist mir nicht neu. Ich habe gehört, daß die meisten Leute in dieser Ortschaft vom Schmuggel leben. Unmittelbar, meine ich, oder mittelbar.«

»Das stimmt beinahe, und ich finde es ganz amüsant. Aber, *please*, sagen Sie nicht Ortschaft. Und noch weniger Kaff, wie einer mal sagte. Santa María, das genügt, und ich habe *please* gesagt, weil ich vermute, daß Sie ein Gringo sind. Ein Yankee.«

»O nein. Vielleicht die Firma, Tochter irgendeines multinationalen Konzerns. Die Arbeitskollegen, ja. Kommen aus Orten mit drolligen Namen. Haben mich schon immer amüsiert, und manchmal spreche ich sie nach und mache mich über sie lustig, aber die Burschen fühlen sich nicht getroffen und zahlen es mir mit gleicher Münze heim: Oklahoma, Idaho.«

»Ich verstehe, bin ganz Ihrer Meinung. Aber ich schweige. Ich habe ja auch niemanden, mit dem ich reden kann. Vergessen Sie nicht, daß Santa María heute quasi eine Kolonie der Kolonie von Deutsch-Schweizern ist. Sind mit der Genesis gekommen.«

Da kam die Frau wieder herein, hager und groß, aus unerfindlichem Grund sich vor Lachen biegend, während sie ein Tablett mit einer unangebrochenen Flasche und zwei Gläsern balancierte. Mit einem tänzerischen Schleifschritt, einer wohlüberlegten und kecken Gewandtheit setzte sie das Tablett geräuschlos auf dem Schreibtisch ab und zog sich wieder zurück. Der Arzt öffnete die Flasche, schenkte reichlich ein und sagte:

»Ich weiß, daß Sie es so am liebsten mögen. *Seco*, wie man hier sagt. Das habe ich im *Chamamé* gesehen. Sie kommen oft dorthin, jeden Monat, um den Scheck von der Ruine, die man Post nennt, bei der anderen, die man Bank nennt, einzulösen. Es ist wie eine regelmäßige Menstruation, ohne Schrecken, ohne Verspätung. Und im *Chamamé* nehmen Sie sich regelmäßig eine Hure. Einmal alle achtundzwanzig Tage. Sie sind jung und stark. Mit Verlaub, das scheint mir ein bißchen wenig.«

»Nicht nur der Scheck, nicht nur Huren. Es kommen auch Zeitungen, Zeitschriften, Schallplatten.«

Er sah, daß mein Glas leer war, und griff sofort zur Flasche, um nachzuschenken. Dann sah er mich neugierig und verhalten an, abschätzend, wieviel wohl nötig wäre, damit ich die glückliche oder ekelhafte Grenze meines persönlichen und exklusiven Rausches überschreite.

»Bedienen Sie sich. Er ist gratis, ebenso für mich wie für Sie.«

»Danke.«

Jetzt wartete ich auf keine Aufforderung mehr, mein Glas vollzuschenken. Der Geschmack bestätigte sich, als ich nach dem Etikett äugte; ja, Scotch, und zwölf Jahre alt. Dieser Drink machte mich noch trauriger, verwundbarer für den Ansturm konfuser alter Erinnerungen.

»Und Sie da unten am Fluß essen keinen Braten, das wäre zu gewöhnlich. Sie essen Barbecue.«

»Nein, Doktor, das stimmt nicht. Wir essen das, was die schwarze Eufrasia uns vorsetzt. Oft gibt es *Locro*, doch nicht, um zu sparen; wir werden in Dollars bezahlt, ich weiß nicht, ob ich's schon gesagt habe. Ehrlich gesagt, wir haben Angst, daß sie uns stirbt. Die Gebärende, meine ich.«

»Angélica Inés«, sagte der Arzt, als wäre der Name ein Befehl. Und sie wich zurück wie ein ängstlicher Hund.

»Es ist fast Nacht, Papa. Es ist schon spät, es ist Zeit. Es ist Zeit, daß du die Vitrine für mich aufschließt. Nicht wahr? Liebster, mein Bester.«

Sie wartete still, bettelte mit den Augen, die gefalteten Hände ruhig auf der Scham.

»Wir müssen noch warten, und in der Zwischenzeit sollten wir ein gutes Mahl bekommen. Ich habe mit diesem Herrn, der sich immer noch Carr nennt und unser Gast ist, viel zu bereden.«

Resigniert, ohne zu klagen, unter Tränen, die sich bis zu den Mundwinkeln hinabschlängelten, zeigte die Frau auf mich, sagte »Aber Sie nicht« und verließ das Arbeitszimmer mit gespielter Langsamkeit, das Kinn vorgeschoben wie ein trotziges Kind, der Welt und all ihrem Leid die Stirn bietend.

Wir waren allein, als der Arzt, ohne mich anzusehen, sehr sanft sagte:

»Nun gut. Sie sind also Carr. Der Professor hat mir Ihr Kommen avisiert. Aber wir hatten vereinbart, daß wir erst dann Kontakt aufnähmen, wenn die Ingenieure die Küste verlassen haben.«

Ich nahm einen Schluck und wagte zu fragen, woran vielleicht der Whisky schuld war:

»Wer steckt hinter dem Professor? Vielleicht handelt es

sich um deutsche, französische, nordamerikanische Juden. Ich vermute, es sind Söhne von denen, die der braunen Bestie entrinnen konnten. Heute interessiert mich wenig, was in der Welt vor sich geht. Aber hin und wieder schaue ich in die Zeitungen, die ich erhalte. Ich muß Ihnen sagen, Doktor, daß ich gute und schlechte Menschen nicht auseinanderhalten kann.«

»Sie können nicht urteilen, wenn Sie die menschliche Bestialität normieren. Sie haben sicher Vorfälle gesehen oder von ihnen gehört, die, ohne es zu wollen, Geschichte machen. Alle Leute sind nichts weiter als Scheiße. Eine achtbare Kategorie, wenn man's recht bedenkt. In einer Welt von manchmal ungeheuren Unterschieden eint uns dieser Umstand etwas. Sie, die Techniker und die indianischen Tagelöhner. Unterjocht und ihren Hunger mit Cocablättern lindernd.«

Da kehrte die große und hagere Frau zurück, in der Schürze eines Clowns oder Zauberers. Sie trug in bedenklichem Gleichgewicht zwei Säulen aus Konservendosen und beugte sich vor, so daß sie polternd auf den Tisch fielen. Sodann holte sie, einen uralten Blues pfeifend, mit gleichgültiger Miene aus den ungeahnt großen Taschen der großen Schürze Teller, Servietten und einen Büchsenöffner hervor.

»Fast angerichtet, die Herren Machos. Eine der Dosen ist reiner Botulismus. Russisches Roulett. Raten Sie, welche.«

Sie ging zwei Schritte zurück, machte eine so tiefe Verbeugung, daß sie in der Hüfte abknickte, und trat rückwärts gehend ab.

Der Arzt dankte mit einem spöttischen Lächeln, das der Komödie der Frau genau entsprach. Er sah auf den großen Chronometer, der an der Wand befestigt war, und verglich die Zeit mit seiner Armbanduhr. Ohne sich aufzurichten, rief er in Richtung Tür:

»Noch ist es nicht soweit, Schätzchen.«

Bedächtig, einer Aufgabe nachkommend, die er, ohne zu protestieren, akzeptiert hatte, machte er sich daran, die Dosen zu öffnen. Er schnitt sich dabei und leckte die zwei oder drei Blutstropfen vom verletzten Finger ab.

Brocken des Inhalts, mit der Handfläche herausgeklopft, plumpsten auf die Teller. Beim Essen versuchte ich, den Geschmack nach Meer und den nach Land zu trennen oder zu mischen. Da ich hungrig war, mußte ich an mich halten, nicht zu schlingen, wobei ich an köstliche Speisen denken mußte, die ich vor langer Zeit, weit entfernt von Santa María, genossen hatte.

Da blinkte das gelbe, runde Auge des Telefons. Der Arzt nahm den Hörer ab und sagte nur: »Ja, gut.«

Hintergründig lächelnd trat er zum großen Fenster und zog an einer Schnur, um mit der Schwärze eines dichten Vorhangs die Nacht zu verdecken, die sich vielleicht gerade vom Unwetter erholte.

Doktor Díaz kehrte zum Schreibtisch zurück und sagte ohne weitere Erklärung:

»So ist das, allerdings nicht jede Nacht. Erst bitten sie um Licht, wegen der Orientierung, und dann um Dunkelheit fürs Anlegen, das stets lautlos vonstatten geht. Und immer zahlen sie. Immer finden wir eine Flasche oder sechs, oder Schachteln mit Süßigkeiten, ebenfalls englische, unter den Planken der Mole versteckt. (Ich mag nicht, daß man etwas Hartes und Unwirtliches mit einem Wort bezeichnet, das an mollig und weich denken läßt. Ich ziehe Landungsbrücke vor und mehr noch, wenn ich's ins Französische übersetze, *débarcadère*; so heißt der beste Gedichtband von Supervielle.)«

»Und die Polizei ...«

»Keine Sorge, mein Freund. Die sind die ersten im Abkassieren.«

Seit einer Weile schon, aufdringlich wie eine Biene, drängte sich das Kinderlied zwischen uns. Monoton und hartnäckig kletterte es pausenlos, auf seine eigene Stupidität sich stützend, um immer erneut aufzusteigen.

Denkt nur, was ich heute fand
fünfmal mach ich's euch bekannt
und will's keiner wiederhaben
geb ich's nie mehr aus der Hand.

»Das ist gelogen«, sagte der Arzt mit freundlichem Lächeln. »Sie kann nichts gefunden haben. Ist ein altes Spiel, und ich weiß, wie es endet. Oder wie sie möchte, daß es endet.«

Er erhob sich und fügte hinzu:

»Ich möchte Sie um einen Gefallen bitten, falls das nicht zuviel verlangt ist.«

»Ja, wenn ich Ihnen ...«

»Danke.«

Er ging zur Vitrine, die fast direkt neben der Schwärze des Balkons oder Fensters stand. Aus der Gesäßtasche holte er eine Handvoll Schlüssel hervor. Verblüfft betrachtete ich die vielen Schlüssel und deren unterschiedliche Größe. Es gab winzige und riesige, deren Verwendung schwer zu erahnen war.

Einmal mehr hörte man tief unten, wie gerade nur von einer dünnen Erdschicht bedeckt, das Kinderlied, und es wurde so oft wiederholt, daß alles Kindliche ins Stupide abglitt:

Denkt nur, was ich heute fand
fünfmal mach ich's euch bekannt
und will's keiner wiederhaben
geb ich's nie mehr aus der Hand.

Díaz Grey schüttelte verneinend und lächelnd den Kopf.
»Ist ein altes Spiel«, wiederholte er. »Sie hat nichts gefunden, denn alles ist hier in der Vitrine. Doch tun Sie mir jetzt den Gefallen. Trinken Sie Ihren Whisky aus und gehen Sie hinunter, fragen Sie sie, was sie gefunden hat. Es ist gefahrlos.«
Ich hob das Glas, ohne zu trinken, unschlüssig, ob ich den Mund halten oder ihm eine Grobheit ins schlaffe und zynische Gesicht sagen sollte, das sein väterliches Lächeln beibehielt.
»Nein«, sagte Díaz Grey, »weder Kuppler noch Hahnrei. Vor Jahren schon habe ich die Gesellschaft, Männer wie Frauen, zum Teufel geschickt. Lang ist's her, daß wir geheiratet haben, und ich habe lange kämpfen müssen, um zu erreichen, daß sie im Bett meine Frau wird. Sie, die Gringa, war voller Angst. Schon möglich, daß ich sie habe vergewaltigen müssen, und danach Monate der Verhätschelung und der Abstinenz. Plötzlich, an einem Sommertag, kam sie und bot sich mir an. Ich habe sie ganz sanft genommen, ohne Gewalt, langsam, geduldig. Ich habe sie davon überzeugt, daß wir gestrenger Vater und unartige Tochter sind. Es macht mir nichts aus, Ihnen zu sagen, daß wir im Inzest leben. Und dabei sehr glücklich. Ich vermute, daß sie noch immer masturbiert, denn es gibt Träume, die ich nicht kenne, es gibt gegen einen eventuellen Draufgänger immer einen Schutz. Nämlich mich, nur mich, der ich wie abwesend bin und von dem, was wir tun, kein Aufhebens mache.

Ganz Papa mit seinem lieben Töchterchen, das die Beine spreizt und ruhig ist, friedlich, ohne eine Spur von Angst, mit einem freundlichen und schelmischen Lächeln.
Gehen Sie, bitte. Es geht um die Therapie. Seit zwei oder drei Jahren versuche ich, sie vor sich selbst zu bewahren. Ich will sie heilen, bevor ich sterbe.«
»Aber was kann ich . . .«
»Ihr diese schreckliche Angst vor den Leuten nehmen. Ich möchte, daß sie gesund wird, auch wenn ich meine Zeit vergeude. Sie ist wie ein kleines wildes Tier. Gehen Sie hinunter und reden Sie mit ihr. Wie desinteressiert, ohne ihr groß Beachtung zu schenken.«
Noch bevor ich hinuntergehen konnte, war die Frau heraufgekommen und saß nun auf der Tischecke ganz nahe der Tür und atmete lautlos mit offenem Mund; die Augen schienen blind. Der Arzt lächelte, während er sich zurückzog; in dem Halbdunkel war sein Kittel wie erstarrt und ähnelte Marmor.
»Verzeihen Sie«, sagte er. »Ich wollte nicht zudringlich werden. Ich hielt es lediglich für angebracht.«
»Der Wagen«, murmelte die Frau, ohne sich zu bewegen. »Sie müssen mit dem Wagen gekommen sein.«
»Uns schreckt der Regen nicht«, entgegnete ich fast grob. »Ich bin gekommen, weil eine arme Frau im Sterben liegt. Oder schon gestorben ist, nachdem soviel Zeit verplempert wurde. Ich bin im Jeep gekommen, der ist den Regen so gewohnt wie ich.«
Der Arzt kehrte zu seinem Sessel an dem riesigen Tisch zurück und sagte mit sanfter Stimme:
»Ich mag nicht, wenn man schreit. Auch wenn Sie heulen wie ein Hund, der sich verirrt hat, werden Sie sie nicht wieder zum Leben erwecken.«

Ich blieb stehen, wo ich stand, akzeptierte den Fatalismus, ließ zu, daß meine Empörung sich verflüchtigte, wie auch alles, was sie während der Fahrt genährt hatte, der Anblick der nur halb verstandenen Prozession, das Gespräch mit dem Eigentümer dieses seltsamen Pfahlbaus, so stolz auf seinen vierzehn Pfeilern. Einen möglichen Halt suchend, richtete ich den Blick auf die auf der Ecke des Schreibtisches sitzende Frau: sie hatte keine Augen für mich; das hagere, flache Gesicht zwischen zwei Tupfern blonden Haars war ganz verzerrt von Grimassen, die ihr den Mund verzogen und die Haut um die geweiteten Augen fältelten.
Der Arzt sah sie an, und plötzlich war es, als wären sie allein, sie und er, ohne die Anwesenheit des Eindringlings, ohne Regen oder Unwetter, ohne das Vibrato der Angst, das die Schlepper im kleinen Hafen ihrer heiseren Klage beimischten. Dann, ohne den Blick von ihr abzuwenden, tastete der Mann im Kittel auf dem Tisch herum, nach etwas suchend, das er nicht finden konnte. Abrupt wandte er das Gesicht mir zu und sagte nervös und hastig:
»Sie können jetzt nicht zurückfahren, auch ich nicht. Auf Ihrem Weg steht der Genser-Graben unter Wasser, eine Hinterlassenschaft der Gringos, um auf Unterschiede hinzuweisen. Kein Auto kann ihn heute nacht überqueren, ohne abzusaufen. Fahren Sie den Jeep bitte in die Garage und kommen Sie zurück, um sich zu wärmen und noch etwas zu essen.«
Das Gesicht der Frau beruhigte sich langsam.
»Gib her«, flehte sie mit kindlicher Stimme.
»Ja«, sagte der Arzt, »aber jetzt noch nicht.«
Die Frau rutschte vom Tisch, bis sie Boden unter den Füßen hatte, und ging zu ihm und küßte ihn auf beide Wangen. Dann hängte sie sich ein dunkelblaues Regencape

über die Schultern, schnalzte mit den Fingern, um mir zu verstehen zu geben, ihr zu folgen, und wir liefen in den Regen hinaus bis zum Garagentor, das im Dunkel offenstand, geduldig wartend.

»Holen Sie Ihren Wagen«, sagte die Frau, während sie das Dunkel der Garage betrat und eine Wand abtastete, bis sie den Schalter fürs Licht fand, eine Birne, die an einem Kabel von der Mitte der Decke herabhing und gelb und ärmlich aufglimmte.

Es gelang mir, das Mucken und Husten des Motors zu besiegen, und ich fuhr den Wagen langsam in die Garage. Als ich den Motor abstellte, stand ich neben einem langen und dunklen Auto, dem ein Vorderrad fehlte und das sich, schlammbeschmiert und staubig, auf einen Bock stützte. Wie ich aus dem Jeep stieg, hörte ich den Zuruf, die anschwellende Stimme der Frau. Ich bemerkte, wie sie sich, noch hagerer und größer, mit dem Rücken gegen die Wand drückte. Sie ließ das Regencape fallen, hob schmachtend ihr Kleid, und die Arme ausbreitend, kreuzigte sie sich an der rauhen Wand der Garage.

»Kommen Sie«, keuchte sie. »Kommen Sie. Bei Gott, und befühlen Sie mich, bitte, bitte. Befühlen Sie mich. Ich kann nicht mehr ...«, setzte sie, wie um Verzeihung bittend, hinzu.

Ohne Verlangen, schlafwandlerisch näherte ich mich der Frau und grub zwei Finger in ihr Schamhaar. Es gab keinen Slip herunterzustreifen. Dann krabbelten sie instinktiv weiter hinunter, tauchten ein bis zur Nässe und fuhren auf und ab, wobei ich gar nicht wußte, ob es das war, worum die Frau so flehentlich bat. Ja, das war es. Ich bewegte weiter die Hand, albern, verlegen, ohne recht zu verstehen, was vor sich ging, und die Finger glitten lang-

sam, plump und unermüdlich in sie hinein, unter Seufzern und dem Wimmern eines neugeborenen Kätzchens, bis ich spürte, daß die Frau sich ergoß, und sie die Arme sinken ließ, der Körper, jetzt mit zusammengepreßten Schenkeln und verschränkten Beinen, immer noch an der Wand lehnend, ohne auf die öligen Flecken des Bodens zu sinken.
Die Frau richtete sich langsam auf, unter Zittern und Seufzern, mit schläfrigen Augen, und erkannte mich schließlich. Ich hatte mich bis zum Wagen zurückgezogen, die ermüdete Hand in der Tasche vergraben. Die Frau schien mich mit einem scheuen Lächeln zu grüßen, das aber sofort breiter, ja schamlos wurde, Komplizenschaft und Vergessen erheischte.
»Gehen wir«, sagte sie, »er wartet auf uns, und ich weiß nicht, wie lange wir weg waren.« Als sie das Licht ausmachte, hielt sie einen Augenblick inne und fügte hinzu »Liebling«, bestätigte es mit einem Nicken und lief zurück in die Nacht des wütigen Tropenregens.
Der Arzt, jetzt ohne seinen Kittel, trug einen blauen, teuren Anzug, ein weißes Hemd und eine weinrote Krawatte. Vielleicht hatte er sogar Manschettenknöpfe angelegt. Und es war, als hätte sich die Zeit hier oben länger aufgehalten als in der Garage, denn der Doktor schien frisch gebadet und rasiert, saß in dem Sessel gegenüber dem Schreibtisch wie ein funkelnagelneues Wesen, verbannt aus jedem erdenklichen Gestern. Er spielte tändelnd mit einem glänzend lackierten Kästchen und mit ein paar Spielkarten, die daraus hervorkamen. Die Frau war nicht da. Ich konnte einem leicht parfümierten Falschspieler bei den Vorbereitungen für eine große Nacht des Betrugs oder der Enttäuschung zusehen. Viele Stunden, ein chimärischer Traum in jenem Santa María, dieser eintönigen Öd-

nis, manchmal von Gegenwarten unterbrochen, die es nicht schafften, solche zu sein, die nichts bedeuteten.
Die Frau kam herein, näherte sich der Nacht im großen Fenster und rieb die Nase an der Scheibe. Dann ging sie mit einem kindlichen Lächeln auf den Arzt zu, beugte ihren hochgewachsenen Körper zu einer merkwürdigen Haltung und tauchte ihn so in Kindheit und Schutzlosigkeit. Mehrmals küßte sie mit spitzen Lippen, einem lautlosen Schnäbeln, den Mann auf die Wange, liebkoste mit der Zunge sein Ohr, bis eine Zurückweisung, die nicht nach Gewalt oder Widerwille aussah, sie innehalten ließ und sie ging.
Ich meinte, daß der Augenblick gekommen war, mich zu verabschieden, und stand auf.
»Gut«, sagte der Arzt. »Ich glaube, die Gringos werden in wenigen Monaten gehen. Dann wird Ihre Arbeit beginnen. Erfreuen Sie sich in der Zwischenzeit des Klimas und arbeiten Sie sich nicht zu Tode. Ich werde Sie benachrichtigen.«
Ein spöttisches Lächeln, und wir gaben uns die Hand.
Ich ging die Treppe hinunter und begegnete ihr an der Seite einer Frau mit pechschwarzem Haar. Es war mir unangenehm, und meine Sachen waren immer noch naß.
Sie riß den Mund weit auf, aber es kam kein Schrei heraus, sie wich zurück, bis sie gegen die andere Frau stieß, einen Arm erhoben, wie um sich vor einem Schlag, einer Drohung, einem Schimpfwort zu schützen. Dann kreischte sie:
»Gehen Sie, rühren Sie mich nicht an. Ich will Sie nie mehr sehen. Wenn Sie nicht sofort verschwinden, gehe ich hinauf und erzähle meinem Vater die Schweinerei, die Sie mit mir in der Garage gemacht haben.«

Einen Augenblick stand ich starr da, etwas erschrocken über diesen unverständlichen Pfuhl des Wahnsinns. Die Augen der Frau, hart geworden, funkelten vor Wut und Angst. Dann sagte ich mir: ein Gespann von Verrückten, und ging bedächtig zur Haustür.

Es hatte aufgehört zu regnen, zierlicher Dunst stieg vom Gras der Wege auf, und in der Ferne ließen schwarze Wolken die Drohung eines neuen Tages durchschimmern.

Ich wußte, daß Tom, Dick und Harry während meiner Abwesenheit die Arbeit der schwarzbraunen, dürren und halbnackten Tagelöhner beaufsichtigt hatten, die zum Fluß zurückgekehrt waren. Eine Eisenstange, mit der rabiaten Kraft des Vorarbeiters gegen ein Stück Schiene der Phantom-Bahn geschlagen. Der Kerl war ein grinsender, eingebildeter Mulatte, großer Speichellecker der Gringos, erbarmungslos mit seinen hungerleidenden Sklaven.

Niemand konnte Eufrasia in jener glühendheißen Einöde sehen. Nur sie sich vorstellen, wie sie sich aus dem feuchten Wust des Sackleinens auf der Pritsche herausarbeitete, nach dem Ast eines Baums, der den Hauseingang zierte, angelte, ihn zu packen kriegte und abbrach und sich dann, um kein Risiko einzugehen, auf den improvisierten Stock stützte und sich hinausschleppte. Sie mußte das Gras niedergetreten haben, das sich in Erwartung des Gewitters, das am Himmel bramarbasierte, aufgerichtet hatte. Langsam, Schritt für Schritt über das holprige Gelände tappend, die Beine im Rhythmus einer Gliederpuppe bewegend, Beine aus Holz.

Und so wird sie, auf dem Rücken ein Bündel Lappen und Tücher, an den Rand des Wassers gelangt sein, das man Bach nannte. Dort, unter den Pflanzen, welche das Wasser nährte, suchte und pflückte sie Blätter, und als sie zwei

Handvoll von denen mit absolut sicherer Wirkung beisammen hatte, knetete sie diese und murmelte dabei Gebete in einer Sprache, die für die Gringos schon vor Jahrhunderten gestorben war. Mit diesem Pflanzenbrei rieb sie sich den geschwollenen Bauch ein und sprach dabei unablässig mit den Göttern des Urwalds. Dann schleppte sie sich bis zur Uferböschung und wartete leidend, mit weit gespreizten Beinen, ihres Sieges sicher.

Sie hatte vergessen, ein Küchenmesser mitzunehmen oder auch ein Taschenmesser, das vielleicht einer der Männer im Haus liegengelassen hatte. Doch hier am Bach gab es zahlreiche Yababäume mit ovalen, steifen Blättern, deren Ränder schartig waren wie die einer abgenutzten Klinge.

So fanden die drei blonden Burschen, als sie schlechtgelaunt von der Baustelle zurückkamen, weder Eufrasia noch Essen vor. Sie behalfen sich mit Resten vom Spanferkel und Konserven, stopften sich voll und tranken Mineralwasser, worüber jäh die Nacht hereinbrach. Wütend zerquetschten sie Insekten im Umkreis der Lampe, verfluchten Eufrasia und ihre Abwesenheit und schimpften auf die Tagelöhner, die doppelten Lohn verlangten, doppelte Misere, dafür, daß sie am Tag des San Cono arbeiten mußten.

Und am Ende des bescheidenen Abendessens, nachdem sie nostalgische Erinnerungen ausgetauscht hatten, fragten sie sich, ohne eine Antwort zu erwarten, was wohl aus mir geworden war. Während sie ihre importierten Zigaretten rauchten, sagte der mit den meisten Sommersprossen: »I heard some of the darkies talking about going on strike. Yes, I'm sure. Someone said strike. There must be a communist infiltration. I think we'd better advise the Enterprise.«

»Und die CIA.«
»Und der Vorarbeiter sagt, daß dieser San Cono Wunder nur für die Reichen tut. Denn in der Stadt hat er es regnen lassen, und hier auf dem Land nicht ein Tropfen.«
Eufrasia kehrte ins Haus zurück, bevor ich dort eintraf. Sie stützte sich nicht mehr auf den falschen Stock, das Bündel Lumpen auf ihrem Rücken zeigte dunkle Flecke. Sie ging sehr langsam, mit noch immer steifen Beinen, und als sie am Tisch und den Männern vorbeikam, sagte sie nur »Verzeihung« und verschwand in der Dunkelheit, um sich auf ihrer Pritsche auszustrecken. Man mußte bis zum Mittagessen am nächsten Tag warten, das nun von mir präsidiert wurde, bis sie unter Tränen erklärte, während sie das Fleisch am Bratspieß im Auge behielt:
»Es war ein Junge, das Wasser hat ihn mitgenommen. Ich habe versucht, ihn zu packen, aber die Strömung war stärker. Ich weine nicht, denn kleine Kinder kommen auch dann in den Himmel, wenn sie nicht getauft sind. Das hat mir der Pater gesagt.«

20. *September*

Durch die Arbeit, die nun beendet war, und die für die Jahreszeit exzessive Hitze hatte ich die Gewohnheit angenommen, früh aufzustehen. Ich lief die paar hundert Meter bis zum Ende des Hügels, wobei ich mit meinen dreckigen Stiefeln das frisch gesprossene gelbe Gras niedertrat.
Gedankenverloren sah ich den Tag heraufziehen, die Klarheit des Morgens, die vage, stets trügerische Andeutung einer Brise, die mein Gesicht zu berühren simulierte. Ich zündete mir die erste kratzige *Gitane* des Tages an und

betrachtete den kleinen Fluß, den fernen schwarzen und krummen Fleck, ähnlich einem Insekt und völlig unnütz. Leichten Sinnes rief ich mir Gestalten und Gesichter ins Gedächtnis, die ich ohne Gewissensbisse verlassen hatte. Jene jungen Ingenieure, denen zu helfen ich vorgegeben hatte, waren bereits wieder in fernen Städten, die sie Heimat und Vaterland nannten. Das Stauwerk, erbaut von Indios und Mestizen mit hervortretenden Rippen, hungrig, nie ganz betrunken, in abstoßender Weise gefügig trotz ihres Geschreis, ihrer obszönen Beschimpfungen in komischem Tonfall. Es mußte so sein, und so war es denn auch gewesen.

Aus dem großen weißen Haus drang die Stimme der Eufrasia zu mir herüber:

»Essen, Don Chon.«

Manchmal nannte sie mich Don Chon, mitunter auch Patroncito.

Hin und wieder kam auch das kleine blonde Mädchen zu mir und verwirrte mir die Gedanken. Sie bat mich um Geschichten, und ich gab ihr ein paar Münzen und erzählte faustdicke Lügen.

Sie lauschte mit ungläubigen Augen und einem bisweilen besorgten Lächeln.

Hartnäckig, nie ganz zufrieden, unterbrach das Mädchen meine Phantastereien mit Fragen, die zu noch größeren Lügen reizten, zu Antworten, die nicht überzeugten.

Als Elvira, das Kind, Monate später ihrerseits Lügen zu erzählen begann, war ich erschrocken, und von da an dachte ich anders von ihr. Denn der Reichtum der kindlichen Phantasie war überwältigend und machte aus dem schmutzigen und barfüßigen kleinen Mädchen, das an meiner Seite schwatzte, eine Persönlichkeit.

28. September

Es war unausbleiblich, daß die besten Freunde des Menschen aus unbekannten Hüttensiedlungen kamen, um dafür, daß sie einem die Hände leckten und mit dem Schwanz wedelten, gefüttert zu werden.

Der erste tauchte ängstlich und neugierig an einer Ecke des Hauses auf. Er war kaneelfarben, und deshalb tauften ihn die anderen drei Männer in exzessiver Originalität *Kaneel* oder *Der Kaneel.*

Dieser erste erinnerte an seine eigene Kindheit, an die Zeit, als er ein tapsiges Hündchen war und alle seine Zerstörungen nichts als Zuneigung, Sympathie und manchmal sogar Liebe hervorriefen, je nach Temperament der verschiedenen Besitzer. Am Anfang nämlich, mit Gleichgültigkeit aufgenommen, begann er herumzutollen, verfolgte imaginäre Schmetterlinge und bellte Vögel an, die wegflogen, um sogleich wiederzukommen. Dann, als die Jahre und die Not ihn ermattet hatten, äugte er mit Hundeaugen nach dem aus Brettern schlecht und recht zusammengezimmerten Tisch, wo es – das wußte er, seit er mit seiner Akrobatik begonnen hatte – Essen gab, vier Männer etwas aßen. Seine Nase witterte nichts besonders Verlockendes, doch er akzeptierte einen abgenagten Knochen, den sie ihm widerwillig und verächtlich hinwarfen, wie man einem aufdringlichen, fast unverschämten Bettler ein Almosen gibt.

Dieser Hund verschwand wie alle anderen, und ich habe ihn nie wiedergesehen.

30. September

Der Frühling schlich sich ein, um sich verschämt wieder zurückzuziehen; nur zwei oder drei sternenlose Nächte gab es und zahllose Donnerschläge, die furchterregend zu sein versuchten, bis sie, wie vorherzusehen, darauf verzichteten. Die schwache Wintersonne mit ihrer Milde behauptete sich, war erträglich. Der Fluß, immer sanftmütig, hortete weiterhin Schauer und Brisen.

In dem großen Haus nahe dem Wasser wohnten nur noch Eufrasia, ich und das kleine Mädchen, Elvirita, von seiner Mutter Vira, Virita oder Miststück genannt, je nach der Laune, mit der sie von ihren Besuchen in der Stadt zurückkam. Je nachdem, wie es ihr ergangen war, denn sie hatte, so unglaublich es war, noch Kunden und war erfinderisch in Variationen.

Als Folge des mißlungenen Einzugs des Sommers blieb uns ein Sprühregen sehr feiner Nadeln, der Tag und Nacht andauerte und von den Gerüchen des nie betretenen Urwalds gesättigt schien.

Manchmal, nur mit einer Hose bekleidet, verbrachte ich meine Tage damit, daß ich Elvirita alte Geschichten erzählte. Sie saß auf meinen Knien oder lag halb schlafend in ihrem kleinen Bett und korrigierte jede Modifikation der bereits gehörten, ihr längst bekannten Sage mit freundschaftlichen Püffen.

Nach der Siesta, diesem unumgänglichen und beglükkenden Brauch, bis zum Alter von fünfundzwanzig Jahren von mir ignoriert und in der drückenden Sanmarianer Hitze mit Freuden entdeckt, akzeptierte ich die Mate- und Kräutertees, die Eufrasia mir machte.

Und bei einem meiner Besuche in Santa María sagte mir

Doktor Díaz Grey: »Mein Freund, es fehlt Ihnen nur noch ein feuriges Pferd, ein Fuchs oder Falbe oder Schecke oder wie man sie nennt, um sich in den Gringo zu verwandeln, der zwar dem Urwald entronnen ist, doch den die Folklore geschluckt hat.« Zu alldem lächelte ich, ohne zu antworten. So widerstandsfähig wie der Staudamm, ertrug ich das monotone Leben, zu dem ein Vorstellungsgespräch und dann ein Brief mich verurteilt hatten.

Nachts unter dem Moskitonetz ahnte ich mehr als einmal, daß mein Schicksal mit dem des Staudamms oder Stauwehrs verknüpft war.

Der Sprühregen dauerte für alle an, und nichts war leichter, als sich eine weite Welt vorzustellen, in der es pausenlos nieselte. Und durch den obstinaten Wasservorhang kam eines Nachmittags der Postbote ins Haus. Er war mit dem Fahrrad gekommen. Habib war dick und kahlköpfig, den Ruhestand lehnte er ab. Er brachte nur einen zerknitterten Zettel, schmutzig von Unterschriften und Stempeln.

Angesichts der Einladung zum Essen und der freundlichen Aufnahme zeigte Habib seine langen gelben Zähne unter dem traurigen Schnurrbart und wiederholte seinen uralten Scherz.

»Ich habe zwei Götter, und beide sind einzig und wahr. So heben sie einander auf. Geben Sie mir, wenn Sie haben, Kaldaunen und einen ordentlichen Schluck.«

Er aß vom Schwein, genoß den Zuckerrohrschnaps und riet mir an jenem Nachmittag:

»Gehen Sie bald, Don, es ist eine sehr große und schwere Kiste. Eine echte Versuchung, glauben Sie mir. Sie werden mittlerweile wissen, mit welchen Ochsen wir pflügen, will sagen, mit was für Leuten Sie es hier zu tun haben.«

Die große Kiste war die Antwort auf meine Bestellungen.

Und Eufrasia und das Mädchen standen da mit offenem Mund und wie paralysiert von verschiedenen Erwartungen, der Neugier und der Begierde. Virita erwartete nur Überraschungen, die Halb-India dagegen Kostbarkeiten.

Die Kiste war nicht so groß, wie sie sich das erträumt hatten. Mittels Schnüren und Drähten konnte sie in meinem Jeep aus der Stadt bis ins Haus verfrachtet werden, aber ich mußte mich durch das mentale Dickicht eines Trios von Bürokraten schlagen, die nach Pesos gierten und erklärten, daß alle Verspätungen und die wiederholt gestellten blöden Fragen nur ihrem Pflichtbewußtsein zuzuschreiben seien. Ich zahlte gehorsam, ohne zu mucken, neugierigen Fragen ausweichend, bis ich mich des unbekannten Schatzes bemächtigen konnte, den die Holzkiste enthielt und der, so fürchtete ich, den Träumen und Qualen der dreifachen Erwartung nicht gerecht würde. Vielleicht wollten auch der Postbote und sein Fahrrad von dem Inhalt erfahren.

Mochten ihre Ausmaße in der großen Erwartung auch geschrumpft sein, so hatte die Kiste voller Überraschungen und Mysteriösem immerhin die halbe Welt durchquert. Der Postbote mit dem traurigen Schnurrbart half mit Stemmeisen und Hammer, den Deckel zu entfernen. Sie enthielt einen Plattenspieler, neuestes Modell, und eine kleinere Kiste voller Schallplatten, die heil angekommen waren. Außerdem, und in erster Linie für mich, zwei Dutzend Bücher in französischer Sprache mit den wohlbekannten gelblichen Umschlägen und einen Bildband mit Reproduktionen berühmter Gemälde.

Beim Licht der *Aladino-Lampe* zog sich der Abend mit Äußerungen der Freude, abschätzigen Bemerkungen und elementaren Erklärungen lang hin.

»Warum hat man nichts zum Essen geschickt«, sagte Eufrasia, »nicht einmal ein Radio, das doch jeder hat.«
Das Mädchen wiederholte eine Frage, die sie zwischen warum und wozu variierte. Nachdem ich dem Postboten ein anständiges Trinkgeld gegeben hatte, verzog ich mich schließlich mit einem Buch auf mein elendes Lager aus Laub und postierte neben mich die Lampe, dank der ich mir bis zum Morgengrauen garantiert die Augen verderben würde. Ich las alte Bücher wieder, so als gelänge es mir, mit den Autoren wirklich eins zu werden, und in das Vergnügen mischte sich die Traurigkeit, mich der wahren Welt vielleicht für immer fremd zu fühlen, jener Welt, die ich gekannt hatte und wo ich in der Jugend in Tagen und Nächten meine Persönlichkeit herangebildet hatte. Vielleicht als sich der heiße Morgen ankündigte, gelang es mir, die Zähne zusammenzupressen, um nicht zu weinen. Ich dachte, daß jede Stadt, jede Etappe des Lebens eine Welt ausmachen und es mir oblag, diese Welt des Flusses von Santa María und ihre Analphabeten zu vergleichen mit dem Ambiente des *Chamamé*, dieser Lasterhöhle, in die ich, sofern das Wetter das zuließ, immer wieder ging, um mir eine Hure zu suchen. Mein Verstand wußte eine Rettungsplanke namens Díaz Grey, doch an die konnte ich mich jetzt nicht klammern. Es ängstigte mich der leise Verdacht, ich müßte den Rest meines Lebens im Angesicht des Flusses und des Stauwehrs verbringen, zusammen mit zwei weiblichen Wesen sehr verschiedenen Alters, die halbe Tiere waren. Aber die Nostalgie und das Selbstmitleid, das ich unwillkürlich übertrieb, waren nicht dazu angetan, mich zu trösten.
Die in Frankreich verbrachten Jahre waren trotz des Hungers, der Kälte und des Regens ein Dasein in der Welt

gewesen. Hier, wenige Kilometer von einem Ort entfernt, der eine Stadt sein wollte, kam ich mir vor wie ein Zeuge der Geburt irdischen Lebens. Die Insekten, von merkwürdigem Aussehen und immer blutgierig, das Geheul noch unbekannter Tiere, das aus dem Wald herüberdrang, bestätigten mir, daß ich nicht wirklich eine reale Welt bewohnte. Als hätte ich es einmal gesehen, kann ich mich noch an jenes Zigarettenkästchen erinnern. Es war aus kostbarem, dünnem Holz gemacht und unumgänglich havannafarben. Der handgemalte Keramikdeckel gab getreu die Szene wieder, welche die Tabakdose schmückte, die Pirron in einem Kloster gestohlen wurde, wo man ihm in einer Gewitternacht Zuflucht geboten hatte.

22. *Oktober*

Obgleich der Bildband den Titel *Französische Malerei* trug, in großen, fast anmaßenden Goldbuchstaben geprägt, fand ich darin die Reproduktion eines Bildes von Picasso. Es hieß *Die Kurtisane mit dem Halsband aus Edelsteinen*, und ich erinnerte mich sofort daran, wie sehr diese Frau während einiger Monate, als ich mich als Matrose ohne Heuer in Buenos Aires herumtrieb, mich entzückt hatte und mich hatte leiden lassen.
Ich erinnerte mich an jene Tage, jene Nachmittage – ausgenommen montags –, da das Museum geöffnet hatte. Es war dort eine Sammlung von Gemälden zu sehen, die den sicheren und exquisiten Geschmack desjenigen verriet, der die Bilder erworben hatte. Die Erben brachten die Sammlung zum Verkauf, und auch der Kurtisane drohte der Auszug aus dem Museum, was dann auch geschah.
Ich empfand Mitleid und Sympathie für jenen jungen

Mann, ärmlich, aber anständig gekleidet und schlecht genährt, was ausgeglichen wurde durch diese absurde Liebe, durch die Fixierung seiner Ambitionen. Doch das verlorene Wesen, einst integrierender Teil meiner selbst, war, aus der Distanz gesehen, um so viele Jahre jünger, daß alles Empfinden beschmutzt war von Neid. Auf dem elenden Bett liegend, das sinnliche und gewöhnliche Gesicht der Frau mit ihrem großen, federgeschmückten Hut betrachtend, stellte ich mir vor, hinter dem Jungen zu stehen, in seiner Verlorenheit von den Wärtern geduldet, den Blick nachdenklich und ekstatisch auf das so ferne Bild geheftet. Die Klarheit, nie die Sonne, ruhte voller Heiterkeit auf den Edelsteinen des Halsbands. An einem widerwärtigen, kalten und windigen Tag, als die Studenten auf Straßen und Plätzen den abwesenden Frühling feierten, betrat ich das Museum und war von dem Chaos dort unangenehm überrascht. Die Staffeleien standen nicht mehr an ihrem Platz, an den Wänden hingen andere Gemälde, und mein geliebtes Bild war nicht mehr da. Die Beleidigung auf dem Schildchen, wo zu lesen war *Reagan Memorial Museum, Texas*, wurde verstärkt durch ein Plakat: *Ausstellung postmoderner argentinischer Maler.*

Ich ließ die Erinnerung, und mit einem Gefühl von Besessenheit und Grausamkeit nagelte ich die Kurtisane an so etwas wie eine Zwischenwand aus Brettern. Mir war klar, daß der ewige Sommer und die Sonneneinwirkung die Frau in kurzer Zeit vergilben würden, sie verformen und auftreiben wie den Leib einer Schwangeren.

Elvirita, im Staub hockend, schubste und mißhandelte die Überreste eines Spielzeuglasters. Sie sah mich verstohlen an und tat dann so, als wäre sie ganz in ihre Arbeit vertieft. Sie erhielt keine Antwort, als sie fragte:

»Ist das deine Braut?« und dann: »Muß man sich so einen Hut aufsetzen, um eine Dame zu sein?«
Und eines Nachmittags ohne Eufrasia, voller weißer Wolken mit nicht ganz ernstzunehmenden Anzeichen eines Unwetters, als ich gerade einen Reisebericht meines Freundes Bardamu las (einer meiner nie gesehenen Freunde, einer von denen, die mit Worten, Sätzen und manchmal ganzen Büchern imponierten), fragte Elvirita:
»Was tust du da?«
»Ich lese«, antwortete ich, ohne aufzublicken.
»Was ist das, lesen?«
»Worte.«
»Sind die alle in dem Buch, das du liest?«
»Alle.«
»Auch die von Mama und von mir?« fragte das Mädchen.
»Alle. Alle Worte macht man mit Buchstaben.«
»Wie sehen die aus?«
Ich zeigte ihr eine Seite des Buches und wies mit der noch nicht angezündeten Zigarette darauf.

4. *November*

Kam die Regenzeit. Seit Tagen regnet es, ohne Wind, und die blinkenden Striche sind wie feine metallische Nadeln, die einem voller Haß zusetzen und die Depre, den Ennui, den Weltschmerz, den Cafard vergrößern.
Ich weiß sehr wohl, daß man immer umgeben ist von Ländereien, Saat- und Erntefeldern, vor allem von Weinbergen, und es wird Tausende von Menschen geben, die sich über dieses Weihwasser freuen, das alles retten kann, was sie mit Mühe gepflanzt haben und mit Mühe ernten werden,

in Erwartung der ermüdenden Feilscherei mit den Käufern, die, aus den Städten kommend, über sie herfallen, um sie zu übervorteilen und falsche Versprechungen zu machen. Natürlich sind die Unterhändler nichts weiter als Unterhändler. Hinter ihnen stehen die Unternehmer, die unsichtbaren Multis, die davon überzeugt sind, daß die Schacherei für sie profitabel sein wird.

Doch meine schlechte Laune läßt sich von der vorübergehenden Fröhlichkeit der Bauernlümmel nicht anstecken. Etwas ist mit meinen Augen, und Lesen fällt mir schwer. Regen und keine Bücher und der Fettgeruch des Essens, das Eufrasia macht (Ist es nicht lecker, Patroncito?), und außerdem stinken mir die unvermeidlichen Tortillas.

Als ich ihr mit einem Lächeln guter Verdauung für etwas dankte, von dem ich nicht weiß, was es war, und das mit grausamer Ironie *tournedos aux fines herbes* genannt werden könnte, ein Lächeln, das sie mit ihrem tadellosen künstlichen Gebiß und hoffnungsvollen Flämmchen in den Augen erwiderte, bekam ich einen kleinen Schreck ob der Situation, fürchtete für sie und für mich selbst.

Das Gesicht der Frau war nach wie vor unannehmbar, aber der Hintern konnte mit dem einer Afrikanerin sehr wohl konkurrieren. Jedenfalls begann ich es an jenem milden und regnerischen Nachmittag so zu sehen. Und dabei hatte ich nur einen kleinen Schluck von dem Zuckerrohrschnaps genommen, den die Frau mit Cocablättern schönte, die, wie man mir erklärte, dem ersten Destillat zugesetzt werden mußten.

27. November

Ich weiß wirklich nicht, warum diese Erinnerung, dieses Bild, das nichts mir anzukündigen schien, nach so vielen Jahren unauslöschlich bleibt. Ich kann es in seinen trivialsten Einzelheiten sehen.

Ich hielt meine Siesta, bis die Hitze und ein schlechter Traum mich weckten. Ich stand auf, wobei ich vergeblich versuchte, das Ende des Traums festzuhalten, und ging hinaus in die Bruthitze. Da sah ich ihn. Er stand da wie eine Statue, die ganze Gestalt braungebrannt. Er mußte acht oder neun Jahre sein, der magere Oberkörper nackt, die kurze Hose mit einem einzigen Band über der Schulter festgehalten. Als ich verwundert entdeckte, daß er mit seinem linken Arm ein Hündchen, genauso bronzefarben wie er, an die Hüfte drückte, zeigte er mir ein Lächeln, das Freundschaft erheischte und strahlend weiß war.

»Verzeihen Sie, Señor, daß ich unerlaubt hier eingedrungen bin.«

Ich versuchte das Lächeln zu erwidern, tat ein paar Schritte, legte ihm eine schützende Hand auf das schmutzverkrustete Haar und berührte den Hund mit einem Finger. Er setzte das Tier auf die Erde, und sofort beschnupperte es meine nackten Füße. Da begann der Junge seinen Spruch aufzusagen:

»Ich verkaufe hierherum reinrassige Hunde, der Preis nach Belieben.«

»Ich kenne diese Rasse«, sagte ich. »Ich weiß nicht mehr, ob die fünfte oder siebte Promenadenmischung.«

»Verzeihen, Señor. Die Brüderchen ja, aber dieser hier nicht. Es ist so, daß die Mutter eine Hündin ist, die viel promeniert, aber ich schwör's, dieser ist reine Rasse, Señor.

Wenn Sie mir nicht glauben, ziehen Sie ihn am Nackenfell, und Sie werden sehen.«

Ich tat's und machte ein zufriedenes Gesicht. Als mein Belieben sich in einem Schein konkretisierte, konnte es der Junge nicht fassen.

»Alles?« fragte er.

Er hatte Münzen erwartet; er wich ein paar Schritte zurück, ohne mir den Rücken zu kehren, drehte sich dann um und rannte davon.

Wenn Eufrasia das Essen im Freien machte, und das hatte sie unzählige Monate lang des öfteren getan, gab es vagabundierende Hunde mit fast sichtbaren Rippen mehr als genug.

Jenes Hündchen, der Inbegriff von einem Hund, war ein Ausbund an Treue. Es erwies sich als unmöglich, ihn von mir fernzuhalten. Er schlief in meinem Bett, selbst in heißen Nächten, und begleitete mich im Jeep, wenn ich in die Stadt fuhr. All mein Schelten, meine falschen Schreie und Drohungen erstarben in seinem zärtlichen Blick.

Nie habe ich erreicht, daß Eufrasia ihn tolerierte. Die Frau prophezeite mir alle möglichen Seuchen wegen meiner physischen Nähe zu dem Viech, das ihr gegenüber eine so unverschämte Gleichgültigkeit zeigte, daß es sie weder zu sehen noch zu hören schien. Der Hund war Anlaß vieler Diskussionen zwischen uns, die mit paraguayischem Schnaps besänftigt wurden, doch nie im Bett. Die hitzigste war vielleicht die, welche durch die Zeremonie der Taufe hervorgerufen wurde. Zur Erinnerung an einen heißgeliebten, wenn auch nie gesehenen Hund beschloß ich, ihn *Trajano* zu nennen.

Als Eufrasia das erfuhr, lachte sie kopfschüttelnd:

»Patroncito machen Scherze. Hundenamen sind Fido, Capitán, Lobo, Pelín.«

Ich erinnere mich, daß ich an jenem Morgen beim Rasieren viele graue Haare an meinen Schläfen entdeckte, und das machte mich übellaunig und traurig. Ich sagte Eufrasia grob:

»Der Hund gehört mir, und seinen Namen gebe ich ihm. Er heißt *Trajano*.«

Aber der von mir gewählte Name nutzte sich mehr und mehr ab, und der Hund hörte schließlich auf die klangvolle Silbe *Tra*. Er wurde mir ein so großer Freund, daß seine Anhänglichkeit mir manchmal lästig war, so wie mir das mit mancher Frau in der Vergangenheit passiert war. Und in diesem Heft mit Erinnerungen ist es unmöglich, den Hund *Tra* zu übergehen: weil er mich bis zuletzt begleitete, weil er mit mir spielte, als mir in meinem Leben ein großes Glück widerfuhr wie auch als mich eine Melancholie befiel, die bis heute andauert.

3. Januar

Als Eufrasia Elvirita fortbrachte – ihr Taufpate will, daß sie zur Schule geht –, beraubte sie mich nicht nur des Kindes, sondern auch des Vergnügens an diesem Zauber, der Kindheit heißt und, wie ich meine, im Alter von drei Jahren zu schwinden beginnt. Dieses Staunen, wenn man sich vortastet und mit schüchternen, noch unschuldigen Fingern die Welt berührt, ihre Rauheiten und ihre freundlichen Sanftheiten, dieses Staunen wird mit der Zeit seltener.

Ohne es zu wissen, im Glück der Kindheit schwimmend, verschwendete Elvirita seltene Privilegien. Viel Zeit ist seither vergangen, und immer noch kann ich die kleine Schubkarre sehen, ohne Rad, aus grauem Holz und grau vor Staub. Neben ihr lud das kleine Mädchen mich mit der heischenden Frage ein:

»Steig ein, ist das nicht ein Tu-tut?«

Ich akzeptierte wortlos, und auf dem Wrack von Gefährt sitzend, fuhr ich unbeweglich dahin, der Kenntnis dieser Chauffeurin der großen Nobelkarosse vertrauend, die mir den Rücken zukehrte und unverständliche Befehle rief.

Auch sehe ich sie noch, wie sie in einer heißen Vollmondnacht neben mir auf dem Gehsteig aus Ziegelsteinen vor dem Haus saß. Eufrasia mußte ihr etwas von dem kleinen Mann erzählt haben, der auf dem Mond ewig ein Bündel Holz schleppen muß. Ich sagte ihr, daß das nicht wahr sei, daß nur brave Kinder auf den Mond kommen. Da wies nicht sie, sondern die Kindheit mit einem schmutzigen Finger auf die riesige Scheibe und sagte:

»Da geh ich nicht hin. Der Mond ist weit weg, und weit weg, da ist es immer kalt.«

Und außerdem schenkte mir die Kindheit von Tag zu Tag die kleinen Freuden der falsch ausgesprochenen Wörter. Erinnerungen, die mit den Jahren und durch die Entfernung verblaßt sind. Vielleicht kalt geworden, wie das Kind sagte.

10. Oktober

Fern ist die Zeit, da ich, liebevoller Vater und Lehrer, sie auf meine Knie setzte, um ihr das Alphabet beizubringen.

Mit geheucheltem Desinteresse stellte ich Eufrasia eine beiläufige Frage, und sie erklärte mir in der ihr eigenen Sprache, daß das Mädchen bei seinen Pateneltern sei, er ist ein Militär a. D. (da stellte ich mir den alten Sabberer vor), und die sorgen für sie wie für ihre eigene Tochter, sie hat Freundinnen, und sie hat sich so herausgemacht, daß man sie nicht wiedererkennen würde, nicht daß es hier jemals an Essen gefehlt hat, Gott sei Dank nicht, aber die Pateneltern geben ihr ausgeglichenes Essen oder, ich weiß nicht genau, wie sie das nennen.

Ich stellte mir das Mädchen mollig, dick vor und auch, daß sie mit der Pummeligkeit den Zauber der Unschuld verlor. Ich vergaß, mich ihrer zu erinnern, und hielt an der mir selbst gestellten Aufgabe fest, aufzuzeichnen, mit welch großen Schritten mein Fleckchen Sanmarianer Erde auf die Zivilisation zuging. Vor allem das Verschwinden des sogenannten Yaco-Barranco, ein Fortschritt, der mir erlaubte, meine Besuche im *Chamamé* wieder aufzunehmen, da mein Jeep, auf mysteriöse Weise unbrauchbar geworden, auf einmal wieder vorzüglich funktionierte, was ebenso mysteriös war.

Die kleine hölzerne Brücke mit dem Geländer aus Seilen, die über den Fluß führte und beide Santa María verband, gab es nicht mehr. Jetzt sah ich die weiß schimmernde Oberfläche einer Zunge aus Zement – sogar von drei Bögen gestützt –, die die Belastung auch von großen Lastwagen aushielt, vorausgesetzt, sie überquerten die Brücke in gebührendem Abstand und einer hinter dem anderen. Überdies und vor allem spürte ich, ein weiteres Mal in meinem Leben, den Frühling mit seiner Unruhe, mit dem Drang, Pläne zu schmieden, und mit vielen keuschen Nächten, in denen Eufrasia mir die Blechkanne nachfüllte und ich draußen in einem Sessel saß, der für ein größeres Gesäß gemacht war, trank und rauchte und die langsame Reise

des Mondes über den schwärzlichen Gipfeln des Waldes betrachtete.
Doch in jedem Frühling gibt es, gespeichert, ungreifbar, andere Frühlinge schon gealterten Angedenkens, die ihren Tropfen Süße oder Bitterkeit für immer in der Erinnerung zurückgelassen haben. Tropfen, die den soeben geborenen Frühling beleben und fein durchtränken. Man kann die Vergangenheit nun mal nicht modifizieren.
Eines Abends packte mich die Lust, nach Santa María Vieja zu fahren und ins *Chamamé* zu gehen, in der Hoffnung, eine nicht zu abstoßende, nicht allzu verwüstete Hure mit einem gültigen Gesundheitspaß zu finden. Außerdem konnte ich der Bitte der verrückten Tochter-Frau nachkommen und den Arzt besuchen, der immer bis zum Morgengrauen aufblieb.
Ich will nicht behaupten, daß das *Chamamé* meine Entdekkung war. Schon vor vielen Jahren hatte mir ein sehr lieber Freund von diesem Tanzlokal erzählt, dessen bloße Existenz zu jener Zeit geradezu unerhört war. Jener Freund war ein Mann weniger Worte, doch wenn er enthusiasmiert war, redete er in einem fort und in einer Prosa, die keiner anderen, die ich gehört habe, an Schönheit gleichkommt, selbst wenn ich mein nutzloses Gedächtnis anstrenge. Aber der liebe Freund kannte das *Chamamé* nur bei Tageslicht. Es gibt da noch, von der Zeit und vom Fliegendreck verschmutzt, den nicht immer respektierten Anschlag, der »das Tragen und den Gebrauch von Waffen« verbietet. Auch gibt es noch, wurmstichig, doch immer noch solide und dekorativ, die dicken Deckenbalken, die heute das nächtliche Schauspiel zu favorisieren scheinen, das Huren, Schläger, Betrunkene gleich welcher Herkunft, Soldaten und waghalsige Neugierige bieten. Von den Deckenbalken

leuchten Gaslampen und verfertigen den tanzenden und schwitzenden Paaren bewegliche und groteske Schatten.
Das erste Mal, als ich die drei Stufen hinunterstieg, die in den Saal des *Chamamé* führten, waren nur wenige Leute da, denn es war ein Montag. Ich wählte einen Tisch, setzte mich und bestellte beim Schwarzen Justino einen Schnaps. Justino kellnerte dort damals, wie er vorher und später noch vieles andere machte.
Das Lokal wirkte verlassen, und ich im Mittelpunkt. Im Hintergrund zwei Tische mit Paaren, die Liebesangelegenheiten oder Preise verhandelten. An dem Tisch neben mir saß eine Frau ganz allein. Vielleicht wartete sie auf einen festen Kunden oder auf ihren Macker. Sie rauchte wie ich, und hin und wieder füllte sie ihr Glas aus einer bereits halbleeren Flasche des entsetzlichen Hausweins.
Schon bald begann ich zu spüren, oder gerade nur zu ahnen, daß an dem Tisch der einsamen Frau etwas Seltsames vor sich ging. An der Sicherheit, mit der ihre Hände nach dem silbernen Feuerzeug und den Zigaretten griffen, war zu erkennen, daß sie nicht betrunken war. Doch ohne sich an jemanden zu wenden, das Holz ihres Tisches betrachtend, in gelockerter Körperhaltung, redete die Frau mit niemandem. Sie tat es laut, fragte und antwortete. Wenn sie nicht betrunken war, dann war sie verrückt. Ich kam zu dem Schluß, daß meine Nachbarin sich mit Geistern, Engeln oder freundlichen Teufelchen unterhalten mußte.
Einer Kopfbewegung der Frau folgend, meinte ich, der unsichtbare Gesprächspartner befände sich zu ihrer Rechten. Ich erhob mich und ging vor den Stufen am Eingang auf und ab, so als erwartete ich jemanden. Dann durchschritt ich den großen Saal, der ohne Leute trist und kalt war.
Da enthüllte sich mir das Geheimnis der Unterhaltung mit

Geistern oder armen Seelen in all seiner bestürzenden Widerlichkeit.

Die Frau am Nebentisch unterhielt sich mit einer anderen, die ein natürliches Bedürfnis in eine der drei türlosen Latrinen eingepfercht hatte und die, auf dem Klosett sitzend, munter weiter erzählte und auf Fragen antwortete.

Später erklärte mir einer der Wirte, vielleicht war es der Chino, daß man die Türen entfernt hatte, »um zu verhindern, daß warme Brüder obszöne Handlungen begehen, und noch schlimmer, ohne zu bezahlen«. Auch belehrte er mich, indem er einen Vergleich zwischen Lesben und Schwulen zog und erstere für privilegiert erklärte, weil sie, wenn sie wollen und nicht können, sich befeuchten und durchhalten, während letztere »am Nervensystem« erkranken.

Abends jedoch, an Samstagen und vor Feiertagen festigte das *Chamamé* seinen Ruf. Für meine Nase verband sich mit der Barriere der drei Stufen ein unsichtbarer Vorhang üblen Geruchs. Die ammoniakgetränkte Erinnerung an abgestandenen Urin im Verbund mit frischem Urin. Der Geruch vermischte sich, je weiter der Abend fortschritt, mit dem Achselschweiß der Paare, die zum Rhythmus der drei Musiker tanzten, welche in den Pausen ihren Schnaps kippten. Auch sie, angestrengt lächelnd, trugen mit dem Schweiß, der ihnen das Gesicht hinunterlief, ein wenig zu dem Geruch bei.

Und unmöglich konnte man die süßliche, widerliche Mischung der billigen Parfüms der Frauen ignorieren.

Ohne merklichen Geruch kamen und gingen, drehten sich die Kleider, deren grelle Farben durch den dicken Tabakrauch kaum gemildert wurden.

Nach wenigen Minuten aber konnte man sich hineinfin-

den und auch die Stammgäste wiedererkennen, jene, die schon integriert waren, die das *Chamamé* hervorgebracht zu haben schien und die vielleicht unsterblich waren.
Wenn jemand, wie man mir erzählt hat, irgendwann Ambitionen hatte, Patron eines perfekten Bordells zu werden, dann machten die Mängel aus dem *Chama* – wie die lebenslangen Gäste es zu nennen sich erlaubten – das seltsamste Bordell der Welt.
Aus Laune oder Respekt erinnere ich mich in erster Linie an den Richter. Als übertrieben starker Kontrast zur angeborenen Ungeschliffenheit eines Autoridá genannten Milizionärs saß dort im Hintergrund, fast an die Scheiben eines Fensters gelehnt, Abend um Abend der Richter. Er okkupierte stets einen Schreibtisch an der Wand, an welche die Rückenlehne seines Stuhls stieß. Immer kam er mit einem zylindrischen Handkoffer wie dem eines Kassierers und holte eine unangebrochene Flasche Whisky und ein Bündel Papiere heraus, die er auf dem Tisch verteilte. Nie habe ich bemerkt, daß er sie sich ansah.
Er war ein Fünfzigjähriger mit vielen, stets gut gekämmten grauen Haaren, einem blendendweißen Gebiß, das er selten zeigte, und einer Hakennase. Seine Stimme hatte einen merkwürdigen Tonfall, dem ich keine bestimmte Herkunft zuzuschreiben wußte. Nie wäre ich auf die Idee gekommen, daß er Jude war.
Ich habe nur einmal mit ihm gesprochen, an einem Abend, der mir günstig schien, da ich den Mann für betrunken hielt. Er hatte seine Papiere wahllos auf dem Tisch verstreut und vergessen, die Flasche in seinem Köfferchen zu verbergen, so daß ich den Namen des Gifts lesen konnte. Es hieß *Only Proprietor*, eine mir unbekannte Marke. Von Zeit zu Zeit, spontan oder auf ein

für den hier verkehrenden Pöbel unverständliches Zeichen hin, kam der Hausherr, das heißt Autoridá, zu ihm.
Es ermüdet mich, diese Erinnerung aufzuschreiben. Aber man kann Autoridá nicht übergehen. Ganz Santa María wußte, daß dieser Milizionär aus dem Polizeisektor homosexuell war. Und er wußte, daß alle es wußten. Daher sein ständiges Mißtrauen und seine Bosheit. Wo es nichts als Indifferenz gab, argwöhnte er Spott und Anspielungen. Trotz seiner Trunkenheit und seiner grotesken Uniform, die Augen rot unterlaufen und halb scheel, war Don Autoridá der unbestrittene Hausherr des *Chamamé*. Er ersann absurde Vorschriften, die ohne Muckser befolgt wurden. Der Richter mischte geistesabwesend seine Papiere und trank. Viel Zeit verging über seinen wortlosen Appellen, dem merkwürdigen Gestikulieren seiner Finger. Hierauf das Getuschel zusammengesteckter Köpfe, und gehorsam und resolut erhob sich Autoridá, näherte sich dem Tisch des Verurteilten und brauchte keine Befehle zu murmeln, damit der Unerwünschte aufstand und in die Nacht hinausging.
Ich weiß nicht, ob die Hausordnung, die das Nachtleben im *Chamamé* disziplinierte, vom Herrn Richter oder von dem miesen Milizionär stammte (später erfuhr ich, daß sein Nachname auch mit einem M begann). Es war verboten, mit den Frauen im Lokal zu verhandeln. »Das hier ist kein Bordell«, pflegte Autoridá zu sagen. Die Verhandlungen fanden auf der Straße statt, sobald die Männer ihre Wahl getroffen hatten und die Frau mit einer kurzen Kopfbewegung aufforderten hinauszugehen.

13. Oktober

Erst jetzt erinnere ich mich oder will ich mich erinnern, daß in dem Bildband ein Brief aus Paris lag, der wie folgt lautete:

Chéri,
wie es im Brief eines Selbstmörders für gewöhnlich heißt, schreibe ich, daß ich nicht weiß, ob dieser hier in Deine Hände gelangen wird, bevor ich es leid geworden bin, den ganzen Berg Deiner weinerlichen Bestellungen auszuführen, und es aufgegeben habe.
Tom, auf dem Weg in die USA, wollte Paris einen Besuch abstatten. Er ist ein Kavalier und hat einen guten Geschmack, der unheilbare Sehnsüchte weckt. Das war an einem Abend. Aber nicht, was Du denkst. Tom, ein Freund hoffnungsloser Fälle, berichtete mir, daß er Dich auf höhere Weisung hin mit einer stinkenden Mulattin allein gelassen hat, was Dir ganz recht geschieht, aber auch mit einem blonden kleinen Mädchen, das Du heranwachsen siehst, bis der rechte Augenblick gekommen ist. Ich kenne Dich, jedenfalls in dieser Beziehung.
So wie man für Weihnachten einen Truthahn nudelt, präparierst Du es mit Hätscheleien, Liebkosungen und viel Nachsicht. Das arme Kind. Vielleicht auch heiratest Du die übelriechende Negerin, und das Mädel wird so Deine Tochter, wie schön ist doch der Inzest. Warum kommen die Schecks mit Deinem Gehalt oder den Schmiergeldern von der Crédit Lyonnais, wo doch Deine Arbeitgeber ihren Sitz in Philadelphia haben? Tom sagte mir ganz nebenbei, daß es in diesem Sumpf von Santa María auch einen Puff gibt. Vielleicht bewahrt er Dich vor den prognostizierten

allfälligen Schandtaten. Ich vermute es und hoffe, daß er Deine unsterbliche Seele rettet.
Ich sehe den Puff vor mir als eine dieser riesigen Holzkisten, die wir per Schiff aus Detroit erhielten, mit einem Ford darin. Als Tür ein Vorhang aus Sackleinen. Schmutzige Männer, die auf einer langen Bank oder verstreut im Gebüsch warten. Du wirst verstehen, daß ich dem, was ich denke, nichts hinzufügen möchte, außer dem immer brennenden Öfchen mit dem widerlichen Kerosingeruch.
Solches Gefasel ist inkohärent wie eine Droge, eine Beichte, die man nie zur Gänze ablegt, doch die erleichtert.
Der Händler hat mir versichert, daß die Schallplatten so verpackt sind, daß sie selbst auf einer Reise nach China keinen Kratzer abkriegen. Die Auswahl der Bücher haben unsere Freunde getroffen, ich glaube, es ist das richtige, und hoffe, die Lektüre macht Dich glücklich.
Nun aber genug. Ich habe gerade noch soviel Geduld, Dich an den langen Spaziergang durch die Rue de Florence bis zu meiner Wohnung zu erinnern, den Du wegen eines Altersleidens auf halbem Wege abgebrochen hast. Das ist mir heute noch unbegreiflich. Aber über all das nicht ein Wort.

Deine, soweit möglich,
Aura

Ich habe mir den Brief lange angesehen. Unter dem Namenszug war eine von Rand zu Rand mäandrisch verlaufende Linie, die auf eine Erinnerung anspielte, auf ein Geheimnis, das nur Aura und ich entschlüsseln konnten, und bereits auf den ersten Blick. Es würde viele Seiten erfordern, das Geheimnis oder diese Erinnerung einem Neophyten zu erklären. Die Mäanderlinie ging noch über den Rand hinaus und verlängerte sich vibrierend in meinem Gedächtnis.

15. Oktober

Als die Gringos gegangen waren, rief Díaz Grey mich zu sich, und damit begann eine Reihe von Zusammenkünften. Wir sprachen über alles mögliche und nie ernsthaft. Ich hatte das Gefühl, daß er mich einer Prüfung unterzog. Wenige Tage darauf begann das mit den Lastwagen.

Aber diese Zusammenkünfte taten mir gut, denn ich fühlte mich dem Leben fern, und dank dieser Besuche wurde mir klar, auch wenn es nicht so war, daß ich monatelang nur wie ein trauriger Handlanger gelebt hatte. In deutlicher Erinnerung ist mir eine Fahrt zum *Chamamé*, wo ich ein paar Gläser trank, an seinem Tisch das weiße Haar des Richters bemerkte und Autoridá noch etwas abstoßender fand als an anderen Abenden, aber da mich nicht nach einer Frau gelüstete, schritt ich schweigend durch das Spalier der Angebote, verließ das Lokal und ging zum Haus des Arztes. Ich stieg die Treppen hinauf und sah, daß das Arbeitszimmer für Besuch erleuchtet war. Ich wußte, daß Doktor Díaz nicht vor dem Morgengrauen schlafen ging, und hatte geglaubt, das Privileg zu haben, der einzige nächtliche Besucher zu sein. Da waren nicht nur Stimmen zu hören, sondern auch das schallende Lachen eines dikken, grobschlächtigen und glücklichen Mannes.

Die Tür ließ einen breiten Streifen Licht durch. Mit dem Knöchel klopfte ich das übliche Zeichen. Drinnen wurde es still, und dann hörte ich das »Herein« der Stimme des Arztes. Er saß wie fast immer hinter dem Schreibtisch, und in einem Sessel, breitbeinig, mit schwitzigem Gesicht, grinste der dicke Mann, den ich vermutet hatte.

Ich machte ein paar ziellose Schritte und begriff, daß mein Besuch nicht willkommen war. Ich spürte, daß ich ungelegen kam und störte. Der Arzt schien nicht beunruhigt – er war es nie –, aber er stellte eine idiotische Frage und zwang sich zu einem Lächeln, das komplizenhaft und herzlich sein sollte.

»Wie war's im *Chamamé*?«

Ich sah ihn an, ohne auf die Frage, die keine war, zu antworten. Der dicke Mann blickte von einem zum anderen. Da mußte Díaz notgedrungen aufstehen, um uns einander vorzustellen. Er wirkte theatralisch:

»Señor Carr, Señor Abu Hosni.«

Ich begriff, daß das Lachen, das ich vernommen hatte, keinem schmierigen Dickwanst gehörte, sondern einem stämmigen Mann, der mir fest die Hand drückte, wobei er mich forschend ansah, mich taxierte. Er hatte einen großen, kantigen Kopf, blauschwarzes Haar und ebensolche Augenbrauen, eine lange und kühne Nase über einem grausamen Mund, der sich jetzt mit einem Lächeln tarnte und große, sehr weiße Zähne zeigte.

Wir sagten die üblichen dummen Floskeln, angenehm und sehr erfreut, und er erklärte wie im Scherz, aber in einem leicht autoritären Ton:

»Für alle bin ich der Türke Abu. So lasse ich mich in Santa María nennen. Nennen Sie mich ebenso. Sie sind bereits mein Freund, ich irre mich nie.«

Der Türke setzte sich wieder, ohne das Lächeln der Freundschaft aufzugeben. Er trug einen sehr teuren Anzug, eine abscheuliche Krawatte, von einem Feind handgemalt, und am rechten Handgelenk glänzte eine goldene Uhr.

Es entstand eine Stille, und ich spürte, wie das Unbehagen des Arztes wuchs. Ich wußte, daß ihm mein Zusammentreffen mit Abu nicht paßte. Etwas später erfuhr ich, daß unsere Begegnung beschlossene Sache war, doch daß Díaz sie

aufschieben wollte. Unverfroren stellte ich mich ahnungslos und begann mit dem Türken über alles mögliche, auch über Santa María, zu plaudern. Es war keine gute Atmosphäre, und der Arzt versuchte sich einzuschalten:
»Es ist nicht ratsam, Abu, den Wagen draußen stehenzulassen. Vergessen Sie nicht, der Hunger hat auch schon Santa María erreicht. Da schießen die Gauner wie Pilze aus dem Boden.«
Der Türke lachte auf.
»Das wäre ganz nach meinem Geschmack, Doktor. Ich fahre nie allein. Sollte irgendein Halunke den Mercedes anrühren, wird er Ihnen morgen brav zu Diensten sein. Schön kalt auf einem Marmorbett im Krankenhaus.«
»Aber ich habe niemand in dem Wagen gesehen«, sagte ich.
Der Türke hob einen Finger und sagte wie psalmodierend:
»Wes Augen nicht sehen, des Herz bereut. Immer zu spät.«
Zwei Worte mit G fielen mir ein: Gaukler und Gefahr. Die Unterhaltung schleppte sich dahin, bis einer von beiden einen Brand erwähnte, von dem ich nie gehört hatte.
»Typisch sanmarianisch«, sagte der Arzt. »Es ist traurig, aber wahr, daß ihnen sogar das mißlang.«
»Gewiß«, bestätigte der Türke. »Doch nie konnte bewiesen werden, daß die Sache geplant war.«
»Und als wäre die Blamage nicht schon groß genug, einmal abgesehen von den zwei oder drei Ranchos, die niederbrannten, wobei zum Glück niemand ums Leben kam, geschah das Schlimmste hernach im Laden des Juden. Er schloß die Türen, ließ den Rolladen herunter, und einen ganzen Tag lang waren seine zwei Ladenschwengel damit beschäftigt, die Ränder der Stoffballen und wer weiß was noch alles anzusengen, um dann das große Schild herauszu-

hängen: Aus dem Brand gerettete Ware. Er hat alles verkauft, was er verkaufen wollte, nachdem er die Preise erhöht hatte. Denn die Leute sind grenzenlos blöd, und die Sanmarianer noch blöder.«

Der Türke feierte das mit schallendem Lachen, das die Härte seiner Augen milderte.

»Das ist wirklich gelungen«, fuhr der Arzt fort, »aber man muß gehört haben, wie der Spanier Lanza das erzählt hat. Er arbeitete damals, als das Feuer ausbrach, in der Zeitung. Heute hat er einen Zeitungskiosk und versucht, alte Bücher zu verkaufen, die für diese Hornochsen viel zu gut sind. Außerdem, glaube ich, etwas Pornographie. Denn der Arme hat die Kaprice, jeden Tag essen zu wollen.«

»Es ist Zeit für mich zu gehen«, sagte der Türke. »Aber ich muß Ihnen sagen, Doktor, dieser Freund und Rivale gefällt mir sehr. Wir werden uns sicher gut verstehen.«

Díaz erhob sich und sagte unwirsch:

»Es war ausgemacht, daß . . .«

»Ja, aber ich sehe da keinen Unterschied. Heute oder morgen, es läuft auf dasselbe hinaus. Es ist schon alles vorbereitet.«

Mit einem breiten Lächeln wandte er sich an mich:

»Alles Wasser für Sie. Alles Land für mich.«

So begann ich in dieser Nacht klarer zu sehen, was man mit mir vorhatte. Wozu mich der Professor Paley nach Santa María mitgenommen hatte und worin das Spiel bestand, an dem der Doktor Díaz Grey jetzt seine Freude hatte.

10. November

Nach dem Besuch, bei dem ich spürte, daß der Arzt uns nur widerwillig vorgestellt hatte, kam der Türke mehrere Abende hintereinander wieder, mindestens vierzehn Tage lang. Der große Wagen verriet seine Anwesenheit, und ich trieb mich eine Weile in der Umgebung des Pfahlbaus herum, damit sie in Ruhe über Angelegenheiten sprechen konnten, die noch nicht die meinen waren.

Einmal erzählte uns der Türke eine Geschichte, die ihn sehr amüsierte und die, auch knapp wiedergegeben, sehr hübsch war. Vor allem, wenn er, sie sich memorierend, ein paar Details, ein paar Lügen einstreute, an denen vielleicht auch etwas Wahres war. Ich übergehe das wiederholte Lachen, mit dem der Erzähler die Proben seiner Ingeniosität glossierte.

Der Türke erzählte in etwa folgendes:

»Nun, die Sache ist die, daß es Ihrem traurigen kleinen Gott eines Tages gefiel, dem Ländchen eine Verschnaufpause zu gönnen. Nicht aus Bosheit und vielleicht ganz ohne Absicht. Wie gewöhnlich erreicht einen alles Gute auf Umwegen.

Der Gott zweiter Klasse zettelte zwischen den Gelben und den Blonden des Nordens einen Krieg an. In Regionen mit Temperaturen, die für Eskimos, glaube ich, ideal sind. So daß die Soldaten unter den Kugeln starben, wie Brathühner von Bajonetten aufgespießt wurden oder schlicht erfroren. Zwar konnten die Textilfabrikanten die beiden ersten Todesarten nicht verhindern, doch versuchten sie, den Tod durch Erfrieren dadurch hinauszuschieben, daß sie Ponchos, Decken und alles, was warm hält, exportierten.

Nun, wie schon gesagt, finanzierte ich gewissenhaft jede

Fahrt. Gibst du mir, so geb ich dir. Ich bezahlte den Mann, den wir den Führer nennen wollen, in guten Scheinen, damit er sie verteile. Einen Betrag, der je nach Ware und Gefahr variierte. Und alles ging gut, bis zu dem Tag, da plötzlich der Führer oder Expeditionsleiter, ein Mulatte, groß wie ein Haus, Manuel hieß er, zu mir kommt und um eine Unterredung bittet. Ich fragte ihn, was es gebe, und was er mir sagte, verblüffte mich, im ersten Augenblick konnte ich es kaum glauben: ›Die Indios wollen nicht länger in Banknoten bezahlt werden. Dafür gibt es weniger zu kaufen. Sie, Chef, wissen, daß das so ist. Es ist die Inflammation, und die schadet allen. Sie haben viel Geld, Chef, und Gott segne es Ihnen und lasse es wachsen. Aber auch Ihnen schadet sie.‹
Es war kurz vor Mittag, und es herrschte eine scheußliche Hitze, jeder hatte, ich erinnere mich, seinen Ballermann fest im Blick und griffbereit. Nie habe ich Manuel so lange reden hören.
›Ich verstehe nicht‹, sagte ich. Und das stimmte in diesem Augenblick, ich argwöhnte schon eine Schweinerei, aber ich hatte wirklich keine Ahnung, worum es sich handelte noch woher der Wind wehte.
›Die haben mich gewarnt, sie lassen sich nicht davon abbringen. Sie wollen in Gold bezahlt werden, in diesen Münzen, die sie *Terlinas* nennen.‹
Lange habe ich ihm auseinandergesetzt, mit welchen Schwierigkeiten das verbunden wäre – Unsinn, hatte ich zuerst gesagt –, aber der Mulatte ließ nicht locker: ›Es wäre ihr letztes Wort, sagen sie, und sie drohen damit, zu Don Aniceto überzutreten. Das ist die Lage, Chef.‹
Nachdem ich hin und her überlegt und die Sache von allen Seiten betrachtet hatte, kam es zu einer Einigung. Und

der Vertrag wurde buchstabengetreu erfüllt. Ich wechselte Pesos in Pfund Sterling, wobei ich natürlich meinen Schnitt machte. Das ließ sich immer irgendwie rechtfertigen. Die Pfund bekam Manuel, der sie in einem Behälter verwahrte, in dem vorher Ananasscheiben waren, und sobald die Ware gewogen war, kam es zur Ausschüttung. Ich gab Manuel zu verstehen, daß ich das für nicht ganz gerecht hielt.
›Doch, Chef. Sie wollen es so. Mit voller Hand hingeworfen. Wer's auffängt, der hat's, wer nicht, soll sehen, wo er bleibt.‹
Ich habe von einem Toten gehört und mehreren, die übel zugerichtet wurden.«
Hier wechselte der Türke das Thema und sagte:
»Ich gehöre nicht zu denen, die viel lesen, aber womöglich Sie. Also sagen Sie mir, wenn Sie ein Buch lesen und es mit einem Typen zu tun haben, der so viel redet wie ich, was machen Sie dann? Sie schlagen das Buch zu und verfluchen den, der es geschrieben hat.«
Doch jetzt erwähne ich das laute Lachen des Türken. Als er sich wieder eingekriegt hatte, sagte er:
»Das ist eine Art Krankheit, die soll sogar einen Namen haben.«

15. November

Ich notiere einen Traum, ohne ihn zu retuschieren.
Der Mann kommt schweißbedeckt auf einem alten und trägen Pferd daher, das sich gegen die Eile, zu der die Peitsche es anzuhalten sucht, sperrt. Der dicke Pferdebauch ist durch den Sattelgurt zweigeteilt. In einer solchen Landschaft, mit solchen Sitten, scheint der Fremde verkleidet.

Der Reiter, der Mühe hat, vom Pferd zu steigen, ist klein und schmächtig, er geht kerzengerade und steif, in dem uralten Bestreben, größer zu erscheinen. Die Beine in Gamaschen gehüllt, Stoffwickel bis zu den Knien und ein ungeöffneter roter Sonnenschirm. Nachdem es ihm gelungen ist, abzusitzen, macht er mechanisch ein paar Schritte, in der ausgestreckten Hand hält er einen großen braunen Umschlag. Hinter dem Mann und seiner Lächerlichkeit taucht aus dem hohen Gras die Frau des Doktors auf, sie bringt ihre Kleider in Ordnung, hat gerade uriniert, trocknet sich nicht ab. Lächelnd kommt sie auf mich in meiner Verwunderung zu, fröhlich lächelnd hält sie das Lachen zurück, streckt mir die Hand entgegen. Die trächtige Stute und der Mann mit dem Sonnenschirm und dem großen Umschlag nahe dem Haus, im einzigen Schatten der großen Pinie. Sie nickt bejahend, benutzt den Rocksaum als Fächer, um sich bei der Hitze zuzuwedeln. Er besieht sich die kolorierten Bilder, die an die Bretterwände gepinnt sind, vielleicht als Schmuck, vielleicht um die morgendliche frische Brise abzuhalten. Ich ehrfurchtsvoll. Bleibe draußen, sehe mir an, was im Umschlag ist. Zwei kleine Mädchen spielen und lachen auf ihrem Weg zum Fluß. Das größere, die Frau des Doktors, tut ständig so, als äße sie das Bäuchlein der kleineren, risse Stücke davon ab und äße sie. Die kleine Blonde, mit dem Rücken auf dem Boden liegend, lacht und lacht. Ist vergnügt, windet sich unter dem Gekitzel. Ich schäme mich nicht, den roten Sonnenschirm aufzuspannen, und gehe vorsichtig zum Fluß und seiner Biegung. Die Frau entfernt sich von mir. Mit lauter Stimme sagt sie ungehörig: »Mein Papi hat gesagt, ich soll Ihnen sagen, Sie möchten uns besuchen, wenn Sie von den Huren kommen.«

25. März

Ich ließ viel Zeit verstreichen, bis ich der Einladung, die mir die Frau von Díaz Grey in meinem Traum übermittelt hatte, Folge leistete. Niemand war schuld daran. Gegen Ende des Sommers begann sanft und unermüdlich, was man die Regenzeit nennt. Das Wasser des Himmels fiel geräuschvoll und lau und kannte weder Morgen noch Abend. Die ganze Welt war grau, unveränderlich und ohne Hoffnungsschimmer.

Das Mädchen war schon seit Tagen bei seiner Patin. Und so waren Eufrasia und ich hier allein, eingesperrt und übelriechend. Die Frau kochte, ich las ohne viel Begeisterung. Auch überhäufte die Frau mich mit Klatsch über Familien in Santa María Este, Leute, die ich nie kennenlernen würde. Doch in den ersten Tagen der Hitze und Feuchtigkeit ließ ich noch Bemerkungen fallen: Was Sie nicht sagen, das darf nicht wahr sein, unglaublich, nein, so was! Und oft entsprachen meine Worte nicht dem, was zu sagen sich gebührt hätte. Dann wurde ich einsilbig und sagte schließlich nichts mehr. Sie redete, ich las oder betrachtete mir die eintönige Landschaft durch das Fenster des größeren Zimmers, das uns gefangenhielt. Mit nacktem Oberkörper vergnügte ich mich damit, die Schweißtropfen zu zählen, die mir von Stirn und Kinn fielen. Die Dusche des Badezimmers verweigerte ihren Dienst; also ging ich nach draußen, seifte mich wenige Schritte vom Haus im Regen ein und duschte.

Als ich zurückkam, redete sie noch immer, jetzt mit einer Blechkanne, die ihr Lieblingsgetränk enthielt, ihr einziges. Ich probierte es einmal und verbrannte mir Kehle und Speiseröhre. Wie sie mein Gesicht sah, fing sie an zu lachen und erklärte mir, was dieses Getränk alles nicht war.

»Es ist stark, Patroncito. Das erste Mal, aber man gewöhnt sich dran. Ist nicht wie der *güiski* der Gringos. Da Sie wenig trinken, bleiben uns noch mehrere Flaschen. Das hier ist kein brasilianischer Schnaps und auch kein paraguayischer. Es ist beides, mit einem Zusatz nach meinem Geschmack. Man muß es mit frischen Blättern kochen, aber man muß wissen, wie.«

Ich verschaffte mir Linderung, indem ich viel Wasser aus dem Porrón hinterhertrank. Als das Licht langsam schwächer wurde, bat ich Eufrasia, mir die Lampe mit Spitzenschleier zu bringen, damit ich weiterlesen konnte. Sie stellte die Lampe auf das Tischchen, das das Gewicht meiner nackten Füße erduldet hatte. Und gleich war mir, als nähme die Hitze zu. Das Licht erhellte jetzt ihr Gesicht von unten. Ihre indianischen Wangenknochen traten hervor, und ihr verlängerter Schatten bewegte sich leicht über die Wand.

»Eufrasia, Sie haben einen Prachthintern.«

»Ich weiß, daß Sie lügen, Patroncito, aber wie lange, Patroncito, haben Sie damit gewartet.«

Ich stand auf und betrachtete ein paar Sekunden das spöttische Gesicht der Frau, das mir nicht so häßlich vorkam wie sonst. Es gab keine weiteren Präliminarien. Sie bewegte sich auf ihr Kabuff zu, überzeugt, daß ich, vom Magneten ihres Hinterns angezogen, ihr folgte, sie brauchte die Schritte meiner nackten Füße gar nicht zu hören.

So schnell, wie wir uns auszogen, hätte man meinen können, daß es sich um einen Wettstreit handelte, wer zuerst nackt wäre. Sie gewann und ließ sich auf die Matratze fallen, wobei sie deren Wülste plattdrückte.

Mit der Begierde enthüllten ihre weiblichen Gerüche ihre

Wildheit, und die Lust entstellte ihr Gesicht: sie schielte, atmete mit offenem Mund, wie um den dünnen Speichelfäden, die von Cocablättern grün gefärbt waren, das Herausfließen zu erleichtern. Ich merkte, daß mich das abkühlte, und tastete auf der Suche nach etwas, das mir dienlich sein könnte, die Fliesen des Bodens ab. Ich ergrapschte einen Beutel aus Sackleinen und bedeckte ihr damit das Gesicht. Seltsamerweise schien sie das noch mehr zu erregen, sie verdoppelte ihre Anstrengungen, bis sie, eine Minute nach mir, die Klimax erreichte und in einen Zustand der Ekstase mit Schreien und unsinnigen Worten geriet.

Bei einer wütigen Sonne, die sich an der langen Regenzeit zu rächen schien, geschah es fast ein zweites Mal. Vielleicht Monate nach jener uns von den Sturzfluten aufgezwungenen Abgeschlossenheit. Doch nun gab es einen Schuldigen: der Jeep verweigerte seinen Dienst, und die aufeinanderfolgenden heiteren Tage und lauen Nächte vergrößerten meine Unruhe, meine Sehnsucht nach dem *Chamamé*.

Nie nutzte Eufrasia die Erinnerung an jenen Regennachmittag, um ihre Stellung als Dienstmagd aufzuwerten. Sie tat es weder mit Blicken noch mit leisem Lächeln. Bis zum Schluß blieb ich Patroncito oder Don Chon.

Ich glaube nicht, daß die Schuld an dem, was ich provoziert hatte, bei mir lag. Mein Verhalten war mehr instinktiv als bewußt. Ich versuche mich damit zu entschuldigen, daß es eine entpersönlichte Hommage an die angebetete Weiblichkeit war.

Ich spürte kein Verlangen nach Eufrasia, noch beabsichtigte ich einen weiteren Besuch in ihrer Kammer, als sie bei einer ihrer häuslichen Arbeiten neben mich trat. Ich las gerade in einer alten Zeitschrift. Ganz in Gedanken verloren, streckte ich einen Arm aus, gab ihr einen leichten Klaps auf den Hintern und hörte sogleich ihr Glucksen.

Kurz darauf flüsterte sie von ihrer Tür aus zweimal Patroncito und schließlich, wie um Vertraulichkeiten zu vermeiden, Don Chon.

Ich wandte mich um, und da stand sie, hielt mit beiden Händen einen Sack, der ihr Gesicht verdeckte. Ein altes Kinderspiel, das die von ihr hingenommene Demütigung noch schmerzlicher machte. Diese Ergebenheit war uralt; sie ist ihrer Rasse durch die lüsterne Grausamkeit der Weißen aufgezwungen worden.

Also zog ich ihr den Sack sanft aus den Fingern und gab ihr einen Kuß auf die Stirn.

»Pardon, Eufrasia. Heute nicht. Ich fühle mich nicht wohl.«

In jenen Märztagen wurde mir klar, daß meine Unruhe, manchmal schon an Angst grenzend, ihren Grund in Elviritas langer Abwesenheit hatte.

2. *April*

Ich besuchte den Arzt nicht nur, um die Verdummung, zu der mich die Einsamkeit und der Alkohol verurteilten, hinauszuschieben. Eufrasia, von Tag zu Tag weniger Mensch, vom Trinken verblödet – Geben Sie mir ein Schlückchen, Patron? –, unfähig, in die Neustadt zu gehen, um Elvirita zu besuchen und einen Mann aufzutreiben. Seit meiner Weigerung bei der Sache mit dem zweiten Sack schmeichelte sie sich nicht mehr bei mir ein.

Auch brachten mir die nächtlichen Unterhaltungen mit dem Arzt die verlorene zivilisierte Welt zurück, und ich brauchte diese Gespräche, egal ob ich ins *Chamamé* ging oder nicht. Es machte mir auch Freude, wenn ich den zunehmenden Stumpfsinn besiegte und es fertigbrachte, diesen Aufzeichnungen neue Seiten hinzuzufügen.

27. *April*

Heute war ein Tag der Neuigkeiten. Eine hatte Díaz Grey mir schon verkündet, ohne ihr Bedeutung beizumessen, so wie jemand fragt, wie geht's?, ohne eine Antwort zu erwarten. Es kamen Männer im blauen Overall, und unter Staubwolken, die von den durchbohrten Wänden herabsanken, sowie vielen Flüchen und Blasphemien installierten sie ein Telefon. Weiß wie jene, die im Film die Schlafzimmer ausgehaltener teurer Geliebter schmücken. Nach dem Lärm, als die Monteure auf dem Weg fortgegangen waren, den ich vor einiger Zeit noch unbefestigt gekannt hatte und der jetzt eine asphaltierte Landstraße war, ich wiederhole, als wieder Stille einkehrte, lächelte ich vor mich hin mit einer Traurigkeit und der leichten Aufsässigkeit, die ich in mir aufsteigen gefühlt hatte, während, so gelangweilt wie ich, die Kalenderblätter fielen.
Der Wandkalender mit idyllischen ländlichen Szenen, stark besucht von Fliegen, war schon alt oder tot und log beharrlich weiter mit seinen Daten, die Tage angaben, die nur mehr anonyme Leichen waren, für immer begraben in einem Massengrab.
Ich mokierte mich etwas über den Doktor Díaz und mich selbst, denn ich war sicher, daß dieses weiße Telefon nicht

dazu da war, daß ich es benutzte, sollte ich dringend etwas benötigen. Man hatte es mir hingestellt, um Weisungen entgegenzunehmen. Das sollte sich schon bald bestätigen. Jetzt wird es Nacht, ich bin meiner selbst und alles übrigen müde, ganz langsam betrinke ich mich, während ich die zweite Neuigkeit des Tages durchkaue, die ich nicht notieren will und kann, bevor ich mich ins Bett gelegt habe in der Hoffnung, daß der Schlaf mir Vergessen bringe.

30. April

Ich erinnere mich und notiere, daß ein paar Tage nach unserer Begegnung der Türke mir sagte:
»Ich erwarte Bescheid. Ich werde Sie rechtzeitig benachrichtigen. Vorher muß ich noch mehr Gold kaufen, denn die Münzen werden knapp, und ich möchte nicht, daß der arme Türke Abu einer Nachlässigkeit wegen, die man für Betrug halten würde, mit einem Loch im Rücken in einer Schlucht aufgefunden wird. Was der Aniceto nie tun konnte noch könnte, das ist einem betrunkenen, hungrigen Schwarzen zuzutrauen. Kurz, wir brauchen für die Fahrt nur etwas mehr als eine Stunde. Seien Sie vorsichtig und sagen Sie dem Doktor nichts. Er mag nicht, wenn man Dinge des Meeres mit denen des Landes verquickt. Ich verdanke ihm so manche Gefälligkeit. Ich kann Ihnen auf der Fahrt davon erzählen. Ein Scherz: meine Krankheit, so viel zu reden, hat einen Namen. Sie heißt, glaube ich, so ähnlich wie Hyperlabia. Aber viel mehr ärgert mich, daß sie, wie man mir erzählt hat, die Weiber befällt, wenn sie heiß werden und niemanden haben.«
Und eines Tages, es war Mittag, hielt ein kleiner Wagen

vor dem Haus. Niemand darin außer dem Fahrer. Ein junger Mann mit einem Mädchengesicht, so schön, daß er einem zur Versuchung werden konnte.
Er hupte, und als ich erschien, sagte er so schnell, als wollte er mir keine Zeit für eine Antwort lassen: »Sie sind Carr. Señor Abu läßt ausrichten, heute abend um zehn im *Brausen.*«
Er fuhr im Rückwärtsgang bis zur neuen Brücke, wendete, gab Gas und schoß in Richtung Santa María davon.
Ich nahm den Jeep und fand die Bar, die man *Brausen* nannte. Ich mußte denken, wie knauserig die Sanmarianer mit Namen doch waren. Es war Punkt zehn, und der Türke alberte mit einem der Barkeeper. Er dankte für meine Pünktlichkeit und meinte, daß wir noch etwas Zeit hätten. Er sagte: »Bestellen Sie, was Sie am liebsten mögen. Hier gibt's alles, seit sie den Namen geändert haben und für die Renovierung Geld geflossen ist. Etwas habe ich hineingesteckt. Sie werden's nicht glauben, aber ich hab's nicht nur aus Profitgier getan. Als das hier noch eine Spelunke war, das alte *Berna*, pflegte ein sehr lieber Kumpan hier zu wohnen, der der Armut aus dem Weg ging. Wie ich hörte oder man mir erzählte, soll ihm schließlich das Glück gelächelt haben. Schön für ihn. Sie werden verstehen, daß ich keine Namen nenne.«
Die Fahrt war endlos lang, und in meiner Erinnerung waren es geballte Stunden, denn der Türke am Steuer des Mercedes vergaß nicht, daß er an dem litt, was er Hyperlabia nannte, und nicht einmal Ampeln und die Gefahr eines Zusammenstoßes konnten ihn mundtot machen.
Santa María Nueva konnte als eine richtige Stadt betrachtet werden. Söhne und Enkel der Schweizer Kolonisten des vergangenen Jahrhunderts hatten gearbeitet, auf daß es

so werde. Und dank ihrer Arbeit wurden sie reich und gründeten hyperkatholische und puritanische Familien, die Mächte darstellten, welche man ohne Vorbehalt respektierte.
»So puritanisch auch wieder nicht«, sagte der Türke Abu. »Ich nenne sie nicht Puritaner. Den Schmutz unter den Teppich. Und darüber hinaus ungestrafte Sünden: auch wenn man's nicht wahrhaben will und nie jemand je den Beweis dafür antreten wird, es gibt Geisteskranke, Alkoholiker, Drogensüchtige und, als indirekte Folge, Inzest, Nymphomanie, Gaunereien und alle erdenklichen Seuchen.«
Das ließ mich aufhorchen, und Dinge, die bis dahin nur als Verdacht aufgekommen waren, konkretisierten sich mehr und mehr.
Dann hörte der Türke mit seinen sensationellen Enthüllungen oder Verleumdungen auf und wechselte das Thema. Nun ging es um ihn selbst, den Türken Abu, sein Leben und die Wunder, die ein Schicksal, das grausam und unabwendbar schien, in ein Leben in Reichtum verwandelt hatten.
Es entstand eine Pause, und wir entfernten uns von Klein-Babel. Die Geschwindigkeit des Wagens veränderte die Landschaft. Ich konnte eine Reihe kleiner weißer Häuser ausmachen, eins wie das andere, jedes mit seinem rechteckigen Fleckchen Gras davor. Ich vermutete, ahnte, daß sie es Rasen nannten. Dann richtige Ländereien, kilometerweit nichts als Felder, Gestrüpp und die unvermeidlichen nachdenklichen Kühe. Der Türke verharrte in Schweigen, drosselte die Geschwindigkeit. Er hielt an einer Art strohgedeckter Hütte an. Es gab da auch ein Regal mit Flaschen und Gläsern und eine laut tickende Uhr.

»Eine Pause«, sagte der Türke. »Es kann nicht mehr weit sein.« Er füllte zwei Gläser mit einer durchsichtigen Flüssigkeit. Wahrscheinlich Schnaps.
Er setzte sich und sagte noch einmal, daß es nicht mehr weit sei. Mit der Hand fuhr er in eine Innentasche seiner Jacke und legte ein Mäppchen auf den Tisch. Er prüfte Papiere und schrieb ein paar Zeilen mit Bleistift oder Kugelschreiber. Ich sagte: »Wir werden noch blind werden. Man sieht hier nicht mal, was gesprochen wird.« Ich weiß nicht, warum mir der Plural entschlüpfte.
»Hier macht man kein Licht«, antwortete der Türke mit Bestimmtheit.
Dann, in der Nacht fast unsichtbar, sagte er für sich:
»Denn das ist eine Arbeit, die erst richtig beginnt, wenn sie beendet ist.«
Während der Fahrt hatte die Klimaanlage des Wagens es geschafft, mich, um es kurz zu sagen, in den Vorhof einer Erkältung zu bringen. Jetzt, in der Finsternis der Hütte, machte die Hitze mich schwitzen. Ich ertrug's stillschweigend. Im Grunde war ich es, der diese Expedition zur Grenze gewollt hatte. Ich hörte das kurze Lachen des Türken, gefolgt von einem dummen, völlig unangebrachten Geständnis.
»Ich bin weder Abu noch Kalim, wie ich mich von anderen auch nennen lasse. Nicht einmal Türke. Ich bin in dem Land geboren, das man Saudi-Arabien nennt. Keine Erinnerung daran. Ich kann fast sagen, daß ich heimlich die ich weiß nicht wieviel Länder jener Region bereist habe. Auch die Türkei. Deshalb das mit dem Türken, daß mich so viele Türke nennen.« Er lachte erneut auf. »Kennen Sie den Witz mit dem Türken, der zu Fuß von Estanzia zu Estanzia zog und lauter billiges Zeug verkaufte?«

Aus Höflichkeit leugnete ich, dieses geniale Werk mündlicher Literatur zu kennen, während meine Sorge wuchs, der Türke könnte zur fraglichen Stunde betrunken sein. Ich versuchte ihn mit einer idiotischen Frage bei Verstand zu halten:

»Pardon, aber gibt es denn keine Patrouille zur Bekämpfung des Schmuggels?«

Die Antwort des Türken kam von oben herab, ohne ein Anzeichen von Trunkenheit.

»Natürlich gibt es eine Patrouille, wie Sie die nennen. Sind ein halbes Dutzend, stehen alle auf meiner Gehaltsliste.«

Jemand kratzte am Rolladen.

»Auf geht's«, sagte der Türke.

Draußen ein weiterer menschlicher Schatten, der sich mit den Händen auf die Schultern des Ex-Abu stützte. Ich ging blind auf einem steinigen Gelände bis zur Grenzlinie, die, wie ich später feststellte, eine enge Vorstadtgasse war. Einen Augenblick lang verschaffte mir mein Gehör Kenntnis von dem, was vor sich ging. Ich wußte, daß ich mich in der Nähe männlicher Stimmen befand, die ihr anfängliches Flüstern aufgegeben hatten und nun unbekümmert sprachen, Fragen stellten und Befehle gaben. Und ich wußte, daß sich uns mindestens zwei Lastwagen genähert hatten. Als ich sie auszumachen suchte, stellte ich fest, daß es in der Nacht, wie vorhergesehen, keinen Mond gab; uns deckte ein trüber, leicht milchiger Himmel. Jemand sagte: »Jetzt zünden sie die Laterne an.« Und der Türke antwortete: »Dann zünden Sie auch die unsere an und beginnen Sie. Ich ziehe mich zurück.«

Er war nicht mehr in der Nähe, als ich schließlich sehen konnte, was er mir versprochen hatte.

Von der anderen Seite dessen, was sie Grenze nannten, kamen in einem fort Ballen geflogen, die hier aufgesammelt und auf die Lastwagen verfrachtet wurden. Ich konnte sehen, daß fast alle Schleuderer eine kupferne Hautfarbe hatten und ihre nackten Oberkörper vor Schweiß glänzten. Es verwunderte mich, daß sich unter ihnen auch eine sehr große Frau mit offenem schwarzem Haar befand, das über ihre großen Hängebrüste fiel. Als der letzte Ballen flog, glätteten die schweißglänzenden Schwarzen mit bloßen Füßen frenetisch den Boden, und es bildete sich ein fast vollkommenes Rund, das mich an einen Hahnenkampfplatz erinnerte. Es ertönten Worte in einer mir unverständlichen Sprache sowie die Universalsprache des Lachens.

»Los jetzt!« befahl in meinem Rücken die ferne Stimme des Türken.

Ich sah, wie eine Münze die von den Laternen erhellte Luft durchschnitt und im ersten, leichten Getümmel der Leute auf der anderen Seite verschwand. Dann wurde das Gold mit vollen Händen geworfen, und das Geschrei wurde wilder. Das Klagen der Verletzten war kaum zu hören. Mir fiel auf, daß diejenigen, die ich in der Nähe der Frau mit den Hängebrüsten erkennen konnte, dieser immer den Rücken zukehrten. Später erklärte mir der Türke, daß jene Frau nicht schlecht zu kämpfen verstehe und ihre Fußtritte in die Testikel wie die eines Maultiers seien.

»Einmal gab's sogar einen Toten. Aber die Sache wurde geregelt. Sie werden bemerkt haben, daß keiner Waffen trägt, nicht einmal ein kleines Messer hat.«

Letzteres sagte er voller Stolz, so als freute er sich über die guten Noten, die ein möglicherweise existierendes Söhnchen aus der Schule mitgebracht hat.

Während mehrerer Nächte brauchte ich nur die Augen zu schließen, um die wilden oder von kalkulierter Erwartung zeugenden Bewegungen jener dunklen Körper wieder vor mir zu sehen, die sich umklammerten oder zurückstießen, aufeinander einschlugen und sich zu Boden fallen ließen, um ein Goldstück zu ergattern.
Jene pausenlosen Bewegungen, welche die gierigen Körper mir darboten, waren brutal und schön. In der Stille der Klandestinität schufen sie eine nie gehörte, noch nicht geschriebene Musik.

6. Mai

Nur weil der Samen auf das Samenbläschen zu drücken, die Nerven anzugreifen, meinen Charakter zu verändern schien, kletterte ich in den Jeep und fuhr gewundene Wege hinab oder hinauf, bis ich in Santa María anlangte, das man als Stadt bezeichnete, für mich aber ein Provinznest war, weder größer noch kleiner als der so ferne Ort meiner Geburt, wo ich gespielt und gelitten hatte unter der Verachtung meiner ersten, aus schmutzigen Worten des Pennälers erschaffenen Liebe.
Wie verschieden waren doch diese Fahrten von denen an den Samstagabenden vor vielen Monaten, als zwei Jeeps sich dort hinaufwanden, mit jenen besetzt, die meine Arbeitskollegen und Gefährten meiner Freizeit waren, die sich durch die stets gleichbleibende Hitze des Morgens bohrten, Mücken und sonderbare namenlose Insekten mit grünem Blut zerquetschten; sie ganz automatisch zerquetschten, bis der Schlaf kam, das erträgliche Nichts.
Nun, auf diesem einsamen Ausflug, an den ich mich erin-

nere, besuchte ich das *Chamamé*, das einst eine Mischung aus Restaurant und Taverne war und das jetzt nur noch dazu diente, um Pizza zu essen und, falls man genug Geld hatte, sich mit *Presidente* zu betrinken und durch den Tabaksqualm hindurch nach einem nicht allzu abstoßenden Gesicht einer Frau Ausschau zu halten. Denn das *Chamamé* war damals der Vorsaal eines Bordells, und das Gesetz war ein Milizionär mit entsprechend stumpfer Machete, Schnurrbart und einer Uniform, die einmal grün gewesen war und noch alle Knöpfe hatte. Das Gesetz achtete darauf, daß das Weibsvolk nicht die von Männern besetzten Tische belagerte. Falls dies, selten genug, geschah, riß sich der Milizionär zusammen und löste sich von der Theke. Er stellte sich breitbeinig hin und deklamierte: »Wegen Verleitung zur Lasterhaftigkeit laß dich freiwillig festnehmen.«

Für den, der zugesehen und zugehört hätte, ohne mit den Gepflogenheiten des Etablissements vertraut zu sein, geschah daraufhin nichts Schlimmes. Das Gesetz kehrte schwitzend und träge zur Theke zurück; die betreffende Frau versuchte in dem Hühnerhof ihrer glucksenden Schwestern unterzutauchen und begann sich ihre Chancen auszurechnen und zu grübeln, wie sie die traumhaften zwanzig Pesos zusammenkriegen sollte, die sie am nächsten Tag dem säbelbeinigen Gesetz abliefern mußte, woher sie nehmen, ein Darlehen erschleichen oder sie stehlen. Denn wie unter Gaunern waren vierundzwanzig Stunden die von der Ehre oder der Angst diktierte Frist.

Zu Beginn des Abends hatte mich ihr Gesicht interessiert. Sie saß an einem hinteren Tisch, und der Rauch des Tabaks oder des Marihuanas schien sich wie eine Gardine zu bewegen und zeigte mir manchmal ihr Gesicht. Ich sah es und sah es doch nicht. Ihr Gesicht war ein anderes Gesicht, fast ungeschminkt, ein Gesicht, das sich von denen der Frauen des *Chamamé* unterschied. Es war anders, fremd, und es gelang mir nicht, zu erraten, nicht einmal annähernd, was sie an diesem beschissenen Ort tat, auf wen sie wartete. Aber ich war mit mir selbst beschäftigt, tausend Fragen beunruhigten mich. Ich fuhr fort zu trinken, was Autoridá Whisky nannte und einem nicht nur die Kehle verbrannte, sondern auch einen Frieden wie von Schlafmohn schenkte. Um Mitternacht mußte ich den Arzt besuchen, in einer äußerst wichtigen Angelegenheit, wie er gesagt hatte.

Als ich hinausging, war ich überrascht, der Frau in der Runde der Huren auf dem Bürgersteig zu begegnen, besser gesagt, umgeben von Huren, die sie schweigend und drohend musterten. Vielleicht ohne Absicht, vielleicht auch aus Vorbedacht, war das Licht dort sehr schwach und konnte potentielle Kunden leicht täuschen. Aber es gab keine Verwechslung, denn sie kam auf mich zu, wobei sie mit den Absätzen klapperte und das Weiß ihres Lächelns zeigte.

»Es ist nicht fein, eine Dame warten zu lassen«, sagte sie mit sanfter und kultivierter, etwas spöttischer Stimme, die mich aufmerken ließ. Sie hatte nichts gemein mit dem Weibervolk des *Chamamé.* Sie erinnerte mich an die Freundinnen meiner Schwester irgendwo in weiter Ferne, wie sie zur Zeit des Examens herumflatterten. Aber ich fragte mich, wer sie mir geschickt haben mochte, um mich zu provozieren und darauf zu warten, daß ich mich verplapperte. Eine Art Spionage ohne Risiko, ein ganz billiger Trick.

Sie duzend, fragte ich, wie sie heiße.

»Ah, du willst Lügen hören. Heute nacht will ich dir den Gefallen tun. Unter Küssen kann ich dir bis zum Morgengrauen was vorlügen. Lügen sind der einzige Reichtum, den ich besitze. Wirst sie zu hören bekommen. Mein Name ist Mirtha, mit einem h nach dem t.«

Sie war so hübsch im Halbdunkel, daß ich bereute, sie im stillen Klein Mata Hari getauft zu haben.

»Jetzt, hier gegenüber, ja?« sagte sie und wies auf die Pension. Freundschaftlich spöttisch schob sie die Unterlippe vor. Warum das alles, mußte ich denken, wenn sie mit mir geht oder mich mitnimmt, um die Beine zu spreizen.

Auch verblüffte mich diese Frau, deren Name ein h in der Mitte erforderte, weil ihre Arme, ihr Hals und ihr Gesicht in der heißen Nacht die Frische einer Frau bewahrten, die soeben geduscht hat.

Ich ließ sie einen Moment im Entree und ging die Treppe hinauf, um mit der Wirtin zu sprechen und mir eines der Zimmer zu sichern, die man als luxuriös bezeichnete.

Die luxuriösen unterschieden sich von den gewöhnlichen dadurch, daß sie einen unmöblierten Vorraum hatten, zudem ein riesiges Doppelbett, das manchmal einem Trio diente (für gewöhnlich denkt man an zwei mögliche Kombinationen, doch es gibt deren mehrere). Über ein weiteres Bett verfügte mein Luxuszimmer nicht.

Es gab eine gemütliche Ecke, mit einem Tisch aus edlem Holz, drei Stühlen, einer Lampe mit perlmutternem Licht und einem falschen Sekretär, in dem sich eine Minibar verbarg voller Fläschchen und mit einigen Gläsern, deren unterschiedliche Etiketten mit Namen und Bildern von Kurorten und Hotels im Ausland den unrechtmäßigen Besitz verrieten.

Und diese gemütliche Ecke gehörte zu einem Land, das zeitlich und räumlich von dem großen obszönen, nie gesehenen Bett entfernt war. Es war der häusliche Ort, an dem

die sittsame Gemahlin mit ewig gleichem Lächeln auf die Heimkehr des Gatten und Ernährers wartet. Und ihn begrüßend, fragt sie:
»Liebster, hattest du einen harten Tag im Büro? Ich habe mit einer Erfrischung auf dich gewartet. *Bob* bringt dir gleich die Hausschuhe. Hast du schon die Zeitung gelesen? Du wirst mir sicher die Neuigkeiten erzählen. Was du nicht ahnst, ich habe dir dein Leibgericht gemacht, gerade habe ich mit der Nachbarin darüber gesprochen, wer hätte das gedacht.«
Wir zwei waren noch jung und stark, doch das Bett übertraf uns. Es war unsere Herrin, es nahm uns ganz in Anspruch und erteilte uns die verschiedensten Befehle.
Als wir nackt waren, sah ich das immer etwas spöttische Lächeln der Frau mit h, ihre Augen, die das schmerzliche Glück meines Gesichts überwachten. Denn diese Frau konnte mit der Zunge in die Luft und auf meinen Körper eine erstaunliche Anzahl geometrischer Figuren malen, wobei sie immer ein schmales Lächeln beibehielt, das auf das Glück abzielte, das sie mir schenkte.

20. Dezember

(Ich schreibe ganz aufrichtig, daß es mir nicht gelingen will, herauszufinden oder mir auszudenken, in welchem Jahr, in welchem Kindesalter ihr Blondschopf auftauchte, um, ob es angebracht war oder nicht, meine nostalgische Einsamkeit angesichts des Flusses zu schmücken, so als läge mir daran. Sie war mächtig gewachsen, aber noch keine Señorita.)

25. Mai

Der Türke Abu bezahlte die brasilianische Negerschar stets, ohne ihr mehr als den Zugewinn vorzuenthalten. Die Schwarzen brachten dort drüben die hier gewünschte Ware zusammen; sie machten neue Pfade ausfindig, um den Kugeln der Gaucho-Miliz zu entgehen, die zu bestechen man vergessen hatte. Auf dieser Seite war alles ruhig; die hiesige Miliz war mittels Pesos und sehr deutlicher Warnungen, welche die Familienangehörigen mit einbezogen, instruiert worden.

Am Fluß war unsere Zahlungsweise ganz anders gewesen. Wir zahlten alle vierzehn Tage: jemand ging das Geld von der Bank in Santa María Vieja holen. Donnerstags und freitags. Auch wenn ich der Geldbote war, wollte ich nie mehr Scheine für mich behalten als die, welche mir als Gehalt zustanden.

Wir mußten losen, wer die vierzehntägige Lohnzahlung vornehmen sollte. Der mit der Auszahlung Beauftragte wurde dann von zwei Soldaten flankiert, die einst in ihren besten Jahren vielleicht respektable Soldaten gewesen waren, doch die jetzt nur noch vor sich hin trotteten, graue und triste Schnauzbärte, das unbrauchbare Gewehr über der Schulter, Söhne vergangener südamerikanischer Kriege: das ist alles, womit wir Ihnen dienen können, hatte der Herr Garnisonskommandant von Santa María gesagt und wiederholt. Und so kamen sie alle vierzehn Tage, um zitternd uns zu beschützen, sie, die ein Windstoß für immer ohne irgendwelchen Schutz gelassen hätte.

Die Prozedur wurde durchgeführt in Santa María Este an einem Tisch im *Hotel Berna*, den man für uns reserviert hatte. Die Indios traten einer nach dem anderen an den

Tisch, kassierten und quittierten. Sie hatten bis Dienstagmorgen frei, da man ihnen Zeit geben mußte, sich von dem unvermeidlichen Rausch und der tüchtigen Tracht Prügel, die sie ihren Frauen verabreichten, zu erholen.

12. Juni

Dies ist eine Nacht ohne Lastwagen, und ich will sie nutzen, um festzuhalten, bevor es verblaßt oder meiner Erinnerung entfällt, was ich, überheblich, die Bekenntnisse des vielleicht unsterblichen Díaz Grey, Arzt in Santa María, nennen werde.

Wir berochen und tranken einen sehr alten Cognac, zweifelsohne eine Frucht des Schmuggels, als der Arzt zu erzählen begann:

»Obgleich ich für immer dazu verdammt bin, die Luft dieses Nestes zu atmen, haben mich einige Nachrichten aus der wirklichen Welt erreicht. Ich weiß, daß man Bücher geschrieben hat, die den Landarzt oder den Landpfarrer zum Thema haben. Aber mein Fall ist, wie alle, ein besonderer. Wenn ich die Hand auf eine Bibel lege, und besser noch, wenn es sich dabei um eine dieser gewaltigen Bibeln handelt mit schwarzen Buchdeckeln und Goldbuchstaben, die in ich weiß nicht welcher Zeit die Gründer der Schweizer Kolonie mitgebracht haben, wenn ich also die Hand auf die Bibel lege und erkläre, daß ich keine Vergangenheit habe, werde ich keinen Meineid leisten. Klar, daß ich den heutigen Tag schon zur Vergangenheit gemacht habe, indem ich ihn gelebt habe. Aber was ich meine, ist, daß mein Gedächtnis nichts von dem registriert hat, was sich ereignet hatte, bevor ich mit dreißig Jahren und dem Doktortitel in der Tasche nach Santa María kam. Womöglich, so sage ich mir manchmal, ein sehr sonderbarer Fall von Amnesie. Ich vermute, daß auch ich, so wie Sie, eine Kindheit und Jugend, Freunde und Eltern hatte – das Unvermeidliche. Vor Jahren hat es mir Spaß gemacht, mir Ersatzpersonen auszudenken, um diese Lücken zu füllen. Aber keine der Eltern, zum Beispiel, die ich mir erfand, waren je definitiv. Ich tauschte sie aus, um sie zu verbessern oder ihnen teuflische Eigenschaften zu geben. Egal was, es war ein Spiel. Bis es mir schließlich gelang, alle Vergangenheiten, die ich nie gehabt hatte, zu vergessen und mich mit meiner Ankunft in Santa María als Arzt und Dreißigjähriger zufriedenzugeben. Eine glaubwürdige Vergangenheit kann nur ein Romancier zu Papier bringen, ein Lügner, der aus der Lüge einen Beruf gemacht hat. Glaubhafte Vergangenheiten, Gegenwarten und Zukünfte für Romangestalten. Aber ich wiederhole, daß ich dazu verurteilt bin, nackt, vergangenheitslos zu sein. Das beschäftigt mich nun nicht mehr. Es hat mich nie gekümmert, und ich muß mich damit abfinden. Vielleicht erspart mir das Komplexe, Traumata oder sonst einen wissenschaftlichen Scherz, der noch nicht erfunden ist.«

Der Arzt hob sein Glas, um den Duft des Cognacs einzuatmen. Er trank nicht.

»Versuchen Sie einmal, es ist nicht schwer, sich mich in meiner Funktion als Arzt in diesem prätentiösen Nest vorzustellen. Arm, zu intelligent, um in einer derart dürftigen Umgebung nicht zu leiden. Ohne Schild an der Tür, um Besuchen von Schwangeren, die abtreiben wollen, vorzubeugen. Sie werden noch sehen, wie wichtig das ist. Aber sie machten mich doch ausfindig und klopften an die Tür meines Häuschens, gestern so wie heute. Tausende von sehnlichst gewünschten Koitussen und ungewollten Schwangerschaften. Immer, und das ist nichts Neues, redeten sie sich heraus und rechtfertigten sich. Sie waren dahin gelangt, Gottes Antlitz zu sehen beim Herumwälzen und dem Flehen und den obszönen Worten im Bett oder im Gras oder in der immer bänglichen Zuflucht, die ihnen das Dunkel der Hausflure bietet. Nicht zu vergessen den alten, lieben Freund: den Schweiß auf der Brust. Und nie konnten sie sich erklären, warum ihnen der Bauch anschwoll. Es wird Unachtsamkeit gewesen sein, Doktor. Oh, ich weiß wirklich nicht, wie mir das passieren konnte, Doktor. Aber auch Studentinnen kamen. Sie studierten nicht irgendeines Titels wegen, sondern um sich von der unerträglichen Routine des trauten Heimes zu befreien, darin die monolithische und widernatürliche Stupidität der Eltern waltet, getreue Diener der heiligen Dreifaltigkeit Gott, Vaterland und Familie. Doch es gab einen Trost. Nicht wenige dieser schwangeren jungen Mädchen schenkten mir ein herrliches und zynisches, wo nicht gar unverschämt freimütiges Lächeln. Und ihre Gründe waren völlig vernünftig. Aber ich konnte es nicht tun, und nicht, weil ich ein Gegner von Abtreibungen wäre. Es handelt sich schlicht um eine physische Hemmung. Nie habe ich eine Abtreibung vorgenommen, doch vor langer Zeit habe ich eine miterlebt. Eine Schlächterei. Nicht aus gewissen Prinzipien weigere ich mich, sondern schlicht aus Feigheit. Und ich füge hinzu, das Thema bringt es mir in Erinnerung, daß in einem sehr großen und zivilisierten Land Abtreibungen frei und kostenlos waren. Sie wurden in einer Entbindungsanstalt vorgenommen. Aber es gab da einen sehr intelligenten Trick. Man bietet der Schwangeren ein Bett an, bis sie an die Reihe komme, und unter irgendeinem Vorwand bringt man ihr ein Neugeborenes mit der Bitte, eine Weile auf es aufzupassen. Vierzehn Prozent der Schwangeren verzichten daraufhin auf den Eingriff. Stellen Sie sich, wie ich, den stummen Kampf zwischen dem Gehirn der Frau und dem mütterlichen Instinkt vor, den wir für das weibliche Geschlecht erfunden haben.

Doch zurück zu mir, sollte ich abgeschweift sein; ich wiederhole, daß ich, ein halber Landarzt, Abtreibungen ablehnte, aber mich auf Geschichten einließ, von denen ich einige auf mich zukommen ließ, die mich schließlich mit einschlossen.

Da war ich also, fern diesem merkwürdigen Haus, das ich mir manchmal verständnislos betrachtete. Es war wie heute, so etwas wie ein kleiner Palast, den ein Neureicher sich hatte bauen lassen, auf vierzehn Pylonen oder Pilastern oder Säulen ruhend, die einmal weiß gewesen sein mochten. Durch eine sehr vage Gedankenverbindung und weil ich diesem Haus etwas Schönheit verleihen wollte, nannte ich es Petrus' Folly. Ich erfuhr, daß es auf Anordnung des Alten so gebaut worden war, weil man sich damals wie heute an das Hochwasser in ich weiß nicht welchem Jahr erinnerte. Es regnete in Brasilien wie für die Sintflut, die Flüsse schwollen an, und wild stürzten die Wassermassen herab, ließen unseren Fluß ansteigen, und das, was erst ein paar Ortschaften waren, wurde überflutet, Leute ertranken, und Behausungen wurden mitgerissen bis zur Mündung, weit hinter Enduro. Nie jedoch wiederholte sich dieses Unglück, so daß dieses Haus etwas von einer Gedenkstätte hat, die an die brasilianischen Wolkenbrüche gemahnt. Ich weiß, daß ein paar Alte mit gutem Gedächtnis bei seinem Anblick vage sich erinnern, ausspucken und sich bekreuzigen. Aber es gibt nur noch wenige, falls überhaupt noch einen.

Der arme Jeremías war tot oder stritt in der Hauptstadt mit den Schakalen der Anwaltschaft, mit denen der Justitia, die erblindet war, um die Abscheulichkeiten nicht sehen zu müssen, die in ihrem Namen begangen werden.
Als dann eine der beiden klingelte, verkleidete ich mich mit dem weißen Kittel als Arzt und öffnete. Es gab nicht allzu viele Patienten. Und da waren sie: die jüngere, die Blonde, war Petrus' Tochter. Ich hatte sie Jahre zuvor einmal behandelt, als sie ein etwas seltsames kleines Mädchen war. Sie hatte sich einen Angelhaken in den Schenkel getrieben. Merkwürdig erschien mir, daß sie kaum klagte, als ich sie behandelte. Später sah ich sie, schon erwachsen, mehrmals auf der Straße. Stets in Begleitung von Josefina, die damals in meiner Praxis immer eine Hand in Angélica Inés' Rücken legte, nicht um sie voranzustoßen, sondern nur um sie zu geleiten. Obgleich sie kaum zwei Jahre älter war, hat sie sie immer geführt und tut das noch heute. Wie Sie bereits vermutet haben werden, war die Blonde schwanger, und der gesellschaftlichen Schande wegen bat die Brünette um einen Abbruch. Ohne heftig zu werden, wies ich sie ab, sagte ihnen, daß Abtreibung ein Verbrechen sei und, falls sie den Abbruch mit Hilfe einer Engelmacherin, Ärztin oder was auch immer vornähmen, ich das Nötige veranlassen würde, sie ins Gefängnis zu bringen. Eine Lüge, natürlich. Außerdem war Angélica mir immer sympathisch gewesen. Ja, schon seit jener Geschichte mit dem Angelhaken, der sehr schwer zu entfernen war, ohne ihr Schmerzen zu bereiten, schien sie mir intelligent und boshaft.
Angélica machte sich mit dem Ungestüm eines Stutenfohlens davon, doch ein paar Tage später begann Josefina mich zu besuchen und zu erzählen. Nie werde ich erfah-

ren, ob sie sich da schon das Ende der Geschichte ausgedacht hatte. Sie ist sehr gerieben, hat einen Tropfen Indioblut in den Adern.

Sie besuchte mich fast täglich, immer zur Stunde der Siesta, die auf den Dörfern länger und bleierner ist. Die Frau sagte mir viel Wahres, das sie mit Lügen durchwob. Ich gewöhnte mir an, gleichsam Fäden, Kordeln oder Bänder zu entwirren, mit denen Pakete verschnürt waren und die uns jetzt mit Knoten und Schlingen herausforderten, ihnen die Geradlinigkeit wiederzugeben, die sie gehabt hatten, bevor sie in geschickte Hände und Finger gerieten.

Aber ich glaubte oder man machte mich glauben, daß ich die Knoten der Geständnisse lösen könnte und am Ende erführe, was wir die Wahrheit nennen. Außerdem mußte man dem langen Hintertreppenroman, den Josefina, heute Jose, vortrug, eine Chronologie geben. Wobei ich mich zu Geduld zwang und bei der Dramatik und dem Gejammer Abstriche machte.

Ich weiß nicht, ob Sie Gelegenheit hatten, das zu sehen. Die Jose hat ein blendendes Gebiß. Sie scheint nicht in Santa María geboren zu sein. Und sie weiß, wie sie sich Freude, Spott, Herausforderungen, Vorschläge, Provokationen zunutze machen kann. Und das in wenigen Minuten.

Kurz, was immer Sie wollen. Besser gesagt, was sie will. Von dieser Begabung kann sie in wenigen Minuten Gebrauch machen. Es gibt Frauen, die das nie fertigbringen. Nun, es gibt auch Frauen, die als Jungfer sterben. Ich habe das nicht ohne Bestürzung während meiner Arbeit im Krankenhaus feststellen können.

Ja doch, sie erzählte viel während dieser Besuche zur Siesta. Etwas alarmierte mich. Nämlich daß Angélica nach dem Mittagessen eigentlich nicht Siesta hielt, sondern, wie Jose sagte, ihren Rausch ausschlief. Denn sie trank zum Essen Wein, sehr viel Wein. Der alte Petrus hatte sich mit den Jahren einen Weinkeller angelegt, der mich in Erstaunen setzte, als ich die Gelegenheit hatte, ihn zu inspizieren. Tropfen, die so kostbar waren, daß sie zu Santa María einfach nicht passen wollten. Aber sehr wohl zu dieser Art von Palast auf Pfählen. Etwas für Geschäftsbesuche, um Richter, Advokaten, Bankiers, Geldverleiher und andere vom gleichen Schlag zu bestechen. So badete Angélica den Fisch in französischem Rotwein und andere Ungeheuerlichkeiten, die jeden, der sich Gourmet nennt, entsetzt hätten.

Und während die Jose so mit mir redete, umgarnte sie mich mit Worten, um ihre wahre Absicht zu verbergen, die zu erkennen zu geben damals nicht angezeigt war; die Jose, wie gesagt, redete, und Angélica war betrunken und schlief.

Nie hatte ich den Eindruck, sie belüge mich. Ihre übertriebene Offenheit schützte sie vor Mißtrauen und Vorwürfen. Ihre ganze fieberhafte Rede bestand aus Antworten auf nicht formulierte Fragen, die jedoch, wie sie ahnte, auftauchen konnten.

›Ja, Doktor‹, sagte sie, ›noch bevor ich erwachsen war, wurde mir klar, daß ich der Lust und der Gesundheit wegen dem Körper Vergnügen bereiten mußte. Aber immer habe ich aufgepaßt, fragen Sie die Tota, wie wir ihn nennen, wenn auch etwas zu Unrecht. Ich versichere Ihnen, daß sie auch sehr männlich sein kann, heute ist sie der Apotheker. Natürlich habe ich auch ihn für mich gewonnen, und jetzt kann er mir nichts mehr abschlagen.‹

Da schöpfte ich Verdacht. Vielleicht handelte es sich nicht

nur um Wein und Alkoholika. Ich suchte die Apotheke auf. Barthé war nicht mehr da, aber er hatte dem Jüngling außer dem Geschäft ein eindeutig feminines Gebaren vererbt. In solchen Verhältnissen werden der Gebende und der Nehmende einander schließlich ähnlich. Doch der Junge hörte mich höflich an, den Kittel halb offen, um mit dem großartigen muskulösen Brustkorb eines Gewichthebers zu prunken.
Nach Finten, Drohungen, Leugnungen und heiligen Schwüren machte ich ihn dezent darauf aufmerksam, daß ich immer noch der Einkaufskommission des Krankenhauses angehörte. Und daß, sollte er weiter leugnen ... Auch erinnere ich mich, daß ich mit gleichmütiger Miene sagte, daß mir nicht im geringsten daran gelegen sei, zu erfahren, wer seine Lieferanten sind, da ich kein Polizeispitzel bin.
Nun, ich erfuhr, daß er Jose fast wöchentlich mit Briefen versorgte. Die Dosis hielt ich nicht für gefährlich, aber die Anzahl der Briefchen. Heute bin ich es, der sie ihr zuteilt. Doch die Jose mußte wissen, wie es zu der Schwangerschaft von Angélica Inés Petrus Zabala – das war damals ihr vollständiger Name – gekommen war.
Die Jose sagte: ›Ich habe immer alle Zimmer abgeschlossen, es sind acht, nur die Bäder nicht. Wir hatten ein Schlafzimmer für uns beide. Wir schliefen immer zusammen, denn sie, der arme Engel, bekam nachts im Dunkeln Angstzustände. Ich habe mein Zimmer von damals behalten, als ich Dienstmädchen war, eines der Dienstmädchen zu der Zeit, als Don Petrus das Personal einstellte und es um den Lohn immer Streit gab. Es kam sogar zum Streik, und es gab Probleme bei der Beköstigung. Immer versichern sie, daß sich alles zum Guten wenden wird und die

Werft und auch die kleine Bahn wieder funktionieren werden. Nun, wir werden sehen, sagte ein Blinder.

Aber wie ich Ihnen schon sagte, Doktor, habe ich es durchgesetzt, mein Refugium zu behalten, diesen Teil des Hauses, der weiter mir gehört, solange es Gott Brausen gefällt. Außen führt eine kleine Treppe hinauf. Sie ist von Efeu und, ich glaube, wildem Wein überrankt. Über diese Treppe kommen meine Freunde zu mir, wenn Angélica schläft. Meine Devise lautet, lebe und laß leben, eine große Wahrheit, die nicht alle respektieren. Freilich, wie sich herausgestellt hat, konnte ich sie nicht leben lassen. Ich weiß nicht, wann ich derart unachtsam wurde. Allerdings wußte ich schon, daß sie keine Heilige aus Gips war. Ich erzähl's Ihnen später. Ich möchte, daß Sie wissen, daß meine Mutter mich als Putzfrau haben wollte, aber Don Petrus machte einen Vertrag mit einer Lehrerin, die zu uns kam, um uns eine gute Erziehung zu geben. Sie kam ein paar Jahre lang; ich erinnere mich, daß Angélica nicht viel davon profitierte, da sie sehr unkonzentriert war. Als die Lehrerin wegblieb, spürte ich den Drang, mehr zu wissen, und ich fing an, mir Bücher aus der Stadtbücherei zu holen. Und ich versichere Ihnen, daß ich es noch heute mit den Büchern und der Kultur halte.

Aber zurück zur Sache. Nichts von einer Heiligen. Ich beichte Ihnen alles, und ich schäme mich der Dinge des Lebens nicht. Immer haben wir zusammen geschlafen, seit ich mich erinnern kann und bis heute. Und wie alle Mädchen streicheln wir uns. Das heißt, auch wenn sie allein schlafen, wenn sie in ein gewisses Alter kommen, berühren sich die Mädchen. Die Jungs auch, aber das ist nicht dasselbe.

Ja doch, man muß alles sagen. Ich will sie nicht schlechtmachen, aber ich merkte bei diesen Intimitäten, daß sie sehr wild und hitzig war und keine völlige Befriedigung erlangte. So wäre es meine Pflicht gewesen, sie streng zu überwachen. Aber vergebens, Doktor. Bei jeder Unachtsamkeit eine Eskapade. Und obgleich wir wie Schwestern lebten, war ich ihr unterlegen. Ich konnte bitten, ihr aber keine Vorschriften machen noch ständig auf sie aufpassen. Auch ich sagte mir: wenn du deinem Körper kein Vergnügen gönnst, wird er dir Verdruß bereiten. Deshalb nehme ich an, daß sie ihre Eskapaden machte, während ich in meinem eigenen Zimmer war. Ich weiß nicht, wie oft sie das tat, denn sie gehört nicht zu denen, die alles beichten. Ich vermute, es passierte mit einem der Burschen, die am Fluß arbeiten. Die wechseln jedes Jahr. Ich bin mir fast sicher, daß ein Gringo für den dicken Bauch verantwortlich ist. Aber ich glaube, es ist noch Schlimmeres passiert, denn einmal, wie sie nach Hause kam, schleppte sie sich nur so dahin, wie ausgewrungen. So ist das Leben, ich nachlässig in meinen Angelegenheiten und sie in ihren.‹

Um ehrlich zu sein, als der Zeitpunkt der Geburt des Kindes von dem unbekannten Vater nahte, verbrachte ich viele Tage in großer Sorge. Joses Vermutung nach war das Kind gezeugt worden von einem der Gringos, die in dem großen Haus wohnten. In diesem Falle würde das Neugeborene schöne blaue Augen haben. Aber meine Befürchtung bestätigte sich, als ich sah, daß das Baby diese kastanienbraunen Augen hatte, die für uns schmutzige, schmierige Latinos charakteristisch sind.«

Díaz Grey schenkte mir noch einen Cognac ein und leerte sein Glas.

»Nun«, sagte er, »den Rest kennen Sie bereits. Sie schrie ›Sie gefallen mir nicht‹, und fast gleichzeitig fiel sie mir um den Hals, lachte und küßte mich, als verstünde sie zu küssen. Nie war ich in Angélica verliebt. Ich hielt um ihre Hand an in diesem riesigen Haus, wo die herbstliche Kälte gefangensaß und der Modergeruch fast unerträglich war. Mir wurde klar, daß die Jose sie instruiert hatte, und die Braut wußte ein paar Worte der Zustimmung nachzuplappern. Eine traurige und komische Szene. Ich wiederhole, daß ich nie in sie verliebt war, so hager und mager wie sie war, und ihre Schenkel, das ahnte man, würden nie die Münzprobe bestehen. Ganz anämisch und ohne Lebensfreude. Vielleicht war es das verdammte Mitleid, das, wie ich gelesen habe, stärker sein kann als Haß und Liebe. Ich stellte mir ein sehr einfaches, unmittelbares Glück vor: ein großes Kaminfeuer, warm wie eine Feuersbrunst, egal, zu welcher Jahreszeit, und wir zwei, die nackt das Feuer betrachten. Es wäre mir egal, ob es Sex gäbe oder nicht. Das hinge von ihr ab.

Und damit endete diese Farce. Denn ich tat so, als stemmte ich mich gegen Joses Argumente, um dann nachzugeben und schließlich gegen meinen Willen zuzustimmen. Ich hatte meine Gründe, das Ergebnis des Gesprächs herbeizuwünschen, ohne es zu forcieren. Die Jose war sehr gerieben und ich auch.

Und somit triumphierte die Jose. Sie brachte mich dorthin, wohin sie mich seit dem ersten Besuch in meiner Praxis hatte bringen wollen. Ein betrunkener Richter und mein lieber Freund, der Pfarrer Bergner, trauten uns in einer Zeremonie, bei der Neugierige ausgeschlossen waren. Wir zogen in dieses Haus, das mir nicht länger fremd war, und dank guter Beziehungen bekam ich im Krankenhaus eine Stelle als Arzt, die uns erlaubte, über die Runden zu kommen. Uns allen dreien, denn die Jose hat sich von meiner Frau nie getrennt. So ging es eine Zeitlang, bis ein fernes Gericht die alte Streitsache zugunsten von Don Jeremías Petrus entschied. Wir verkauften die Ruine, die sie Werft nannten, sowie die kleine Bahn, wofür eine der zahlreichen Scheinfirmen, die der Vatikan in der weiten Welt besitzt, enorm viel Geld zahlte. Heute bin ich nichts weiter als Gerichtsarzt und kümmere mich um meine Freunde vor der Küste.«

15. Juni

Dies hier hätte geschrieben werden sollen, als ich mich an die Nacht in dem luxuriösen Zimmer mit der Frau erinnerte, deren Name in der Mitte den Buchstaben h erforderte und die außerordentlich sprachgewandt war, wie sie auch über eine Intelligenz verfügte, die meine bei weitem übertraf. Und da sie die Fähigkeit besaß, wieder in eine andere Welt zu verschwinden, in eine Nacht, die eine andere war als jene, aus der sie gekommen war, um mich glücklich zu machen, gelang es ihr, ein Mysterium zu werden und damit unvergeßlich.

Ich wollte heute kein einziges Wort schreiben, das sich auf sie bezieht. Aber sie kehrt wieder, und ich kann nicht umhin, an eine andere, ganz verschiedene Art Weiblichkeit zu denken und ein paar Zeilen über die Pensionswirtin zu schreiben, die mir ein luxuriöses Zimmer gegeben hatte, unsere grausame und demütige Patronin. Ich denke, mehr können wir Sanmarianer nicht verlangen.

Korpulent und mulattenbraun, mit zwei dicken, fettigen Zöpfen, die steif auf beiden Seiten des Kopfes herabhingen, als dienten sie dazu, die Bosheit des Gesichts einzurahmen, den verbitterten Mund, die Äuglein aus schwarzem Onyx. Diese Wirtin, immer schwarz gekleidet und ohne jeden Schmuck, hatte eine lange Vergangenheit, die Díaz Grey fast in allen Einzelheiten kannte, er, der alles kennt und wahrscheinlich auch weiß, welche Worte ich wähle, während ich quasi meine Schularbeit mache, die darin besteht, meine Notizen zu kritzeln.

Ihre Stimme war die eines Mannes mit vom Alkohol malträtierten Stimmbändern; sie war Kundin der Apotheke, die Barthé gehört hatte; der Arzt hatte mir erzählt, daß die Wirtin dort unten im Süden zwei Todesfälle zu verantworten hatte.

2. *Juli*

Diese Zeilen habe ich mehrere Wochen nach den sehr ausführlichen geschrieben, mit denen ich Geständnisse des Arztes wiederzugeben versucht hatte. Ich will mich kurz fassen, denn heute wandelt mich die Trägheit an. Angélica trieb die Frucht aus, und siehe da, es war ein Mädchen. Und damit hat die Mutter auch ihren Haß geboren. Sie hat versucht, das Kind in der Wiege zu ersticken, indem sie sein Gesicht mit dem Bettuch bedeckte. Ein Zufall, eine Unachtsamkeit, an der niemand schuld ist. Monate nachdem das Kind vom Erstickungstod gerettet war, entdeckte die Jose, daß Elvira Spuren von Schlägen aufwies. Und sie hörte das nicht zu stillende Weinen des hungrigen Geschöpfes, was die Mutter zu ignorieren schien. In einer häßlichen Szene schrie Angélica so etwas wie: »Ich hasse es, und ich werde es töten. Nie werde ich vergessen, wie es mich hat leiden lassen, als es geboren wurde. Und außerdem wollte ich einen Jungen.«

Sie dachten über Lösungen nach, und wieder gewann die Jose. »Wir gaben das Kind zu Mama, damit sie es wie ihre eigene Tochter aufzieht, wofür der Hausherr sie gut bezahlte, Monat für Monat.«

Möge Brausen, wer immer er sei, mir verzeihen, aber ich möchte schwören, daß die Jose, die Überbringerin dieses Lohns, viele Pesos unterschlug, um ihren mitternächtlichen Besuchern »irgendwelchen Tand« zu schenken. Und nochmals bitte ich um Verzeihung, weil ich argwöhne, daß auch Díaz Grey einer dieser Besucher war. Übrigens habe ich nie erfahren, wie die Beziehungen des Arztes zu seiner Frau wirklich waren. Ich erinnere mich, daß er mir eines Abends sagte, sie wäre eine Nymphomanin. Er habe »Ärzte aus der Hauptstadt zu Rate gezogen, Fachärzte auf dem Gebiet der Sexualität, richtige Ärzte, keine armseligen provinziellen Klistierfritzen wie ich«, und habe die Diagnose wiederkehrender und nie vorhersehbarer nymphomaner Anfälle akzeptiert. Ein Bovarismus, hat einer entschieden. Etwa vergleichbar den Attacken des Petit mal. Und als Komplize der Jose gebe er sich damit zufrieden, daß Angélica Inés, ohne es zu wissen, täglich ihre Antibabypille schluckte. »Ich könnte sie nicht einsperren.«

Schließlich war sie, ob krank oder nicht, ein Mensch, und er hatte sie gern und wünschte, daß sie ihr Quentchen Glück abbekomme.

10. Juli

Gestern abend hatte ich wieder einen Anfall, und wenn ich Bilanz ziehe, kann ich nur dankbar sein. Ich weiß, daß ich etwas ganz Ähnliches in den Berichten einer Frau gelesen habe, die geradezu berühmt ist, doch an deren Namen ich mich nicht erinnern kann. Womöglich sind die Ursprünge dieser Koinzidenz verschiedene. Sie, sie und ich, er.

Diese Frau erklärte, daß ihr größtes Glück darin bestehe, zu erreichen, daß man sie allein lasse, und ihr größtes Unglück, daß man sie zur Einsamkeit zwinge. Ich denke, daß es zu dem Anfall von gestern abend nicht allein dadurch kam, daß ich in dem großen Haus allein geblieben war. Eufrasia und die Kleine waren sehr früh, während ich noch schlief, nach Santa María Nueva gegangen. Als ich am Mittag erwachte, fand ich Brot, Tortilla und Chorizo vor. Auch stand auf dem Tisch eine Flasche Zuckerrohrschnaps, doch ich hielt mich zurück und trank nicht. Zudem hatte ich ein paar Bücher, die von Mördern und Detektiven handelten, doch ich war nicht in Stimmung, sie zu lesen. Seit vielen Monaten habe ich nichts mehr von Aura gehört, ein Name, der in anderen Zeiten Ausdruck unserer Liebe war. Nie wird sie erfahren, wie sehr ich sie immer noch liebe.

Es war ein schöner sonniger Tag, und nach dem Essen streckte ich mich angezogen auf dem großen Bett aus. Nicht um Siesta zu halten, sondern um, unbeweglich auf dem Rücken liegend, die Hände auf dem Bauch gefaltet, mit anzusehen, wie die Sonne über Fußboden und Wände wanderte. Minutenlang, stundenlang. Die Sonne kletterte, und ich verhielt mich ruhig und spielte den Gleichgültigen. Es hatte nichts mit mir zu tun. Der Abend nahte, und gerade hatte ich meinen Irrtum eingesehen, als ich bemerkte, wie die Sonne, schon fast horizontal, die Reproduktion der Kurtisane mit dem Halsband aus Edelsteinen streifte, die von der Zeit und ihrem Wechselspiel arg mitgenommen war.

Und plötzlich fing es an. Wie immer, sehr gefürchtet und

nie vergessen. Zuerst sagte ich mir im stillen meinen vollständigen Namen her und wiederholte ihn, ohne zu sprechen, tausende Male, bis er nicht mehr mein Name war, nichts mehr bezeichnete. Doch da ich immer noch ich war, mußte ich mich zwangsläufig fragen, wer das ist, ich, denn ich bin ich und bestimmt kein anderer. Es war unmöglich, mich als ein anderer zu denken, als ein anderer zu fühlen. Hinzu kommt, daß kein anderer je fähig wäre zu verstehen, wenn ich versuchte, ihm dies, meinen Anfall, zu erklären. Denn jeder andere, bekannt oder vorstellbar, würde verneinen, solch einer zu sein, würde ohne den geringsten Zweifel behaupten, ein Ich zu sein. Nämlich das seine. Zum Teufel mit ihm.

Ich erinnere mich, daß ich vor Jahren in Monte versucht hatte, etwas ganz Ähnliches einem Couch-Psychiater zu gestehen. Dieser Couch-Arzt, sehr intelligent und katholisch, sagte mir seine Diagnose nicht, aber er äußerte einem Freund gegenüber, daß ich verrückt sei.

Ich muß dankbar sein, denn diese Katharsis hat mich leer gemacht, ich war wieder gleichmütig und spottlustig, und es wird früher Morgen gewesen sein, als ich ein paar Gläser Zuckerrohrschnaps trank, obgleich ich öfters gesagt hatte, nie mehr. Ich sah zu, wie es am Himmel und am Fluß Tag wurde, und betrachtete das ewige dunkelgrüne Geheimnis des Waldes.

13. Juli

Die Trägheit und die Zeit ließen die Worte jener Frau für eine Nacht erkalten. Schon am Morgen hielt sie es für richtig, sich mit einer Lüge zu verabschieden. Sie sagte, sie

wohne im Hotel *Victoria*. Dies ist einstweilen der letzte Name, den man dem riesigen Gebäude gegeben hat, das, wie man mir erzählte, vormals ein teures und stark frequentiertes Hotel gewesen war.
Periodisch kam es zu Konkursen, tauchten neue Besitzer auf, wurden Umbauten ausgeführt und neue Namen erfunden, die so viele Mißerfolge vergessen machen sollten.
Aber ich fand heraus, daß die Frau, die bis zuletzt vorgab, Mirtha zu heißen, ein Name, in den man im Spanischen unmöglich ein h einfügen konnte, das *Gran Hotel Victoria* nie betreten hatte.
Sie redete viel in den Pausen, die wir in jener Nacht und am Morgen brauchten. Jedesmal waren sie länger und beharrlicher. Aber es genügt mir die Erinnerung und die Traurigkeit über das Verlorene. Es geht mir darum, ihre Worte zu rekonstruieren. Obschon ich auch von meiner anfänglichen Verwunderung schreiben muß. Als wir mit dem Kampf, den man Liebe nennt, begannen, sah ich, spürte ich, daß diese Frau mit den Huren, die ich regelmäßig im *Chamamé* auftrieb, nichts zu tun hatte. Auch wenn ich es nicht glauben wollte, war nicht daran zu zweifeln, daß sie es genoß. Sie versuchte nicht, mit Seufzern, Stöhnen, einzelnen lauten oder erstickten Schreien oder mit dem Hin- und Herwerfen des Kopfes auf dem Kissen mich zu täuschen. Ich brauchte nur ihr schmerzvolles Gesicht zu sehen, das bis zur Häßlichkeit litt. Diese schamlose Frenesie war weit entfernt von der geduldigen Ruhe der Huren im Salon gegenüber. Ich vermutete, daß sie lange Zeit keusch gelebt hatte, als sie mich nötigte, die Stellung meines Körpers zu ändern, sich auf mich legte und hervorstieß:
»Ah, mein Gott«, während ihr Gesicht naß von Tränen wurde.

Im Laufe dieses Zusammenseins freundete ich mich mit ihrem dreifachen Angebot an und wurde belohnt mit einer Überraschung, die meine Raserei steigerte.
Während ich von dieser glücklichen Begegnung erzähle, erinnere ich mich, immer wieder festgestellt zu haben, daß die weiblichen Düfte sich in solche einteilen lassen, die mich ans Meer gemahnen, und in solche, bei denen ich an ein Lager wilder Tiere denken muß. Die falsche Mirtha war freigebig mit beiden.
Ich denke, daß solch geteiltes Glück im Leben selten ist, und nie ist es verdient. Vielleicht war das Schicksal diesmal guter Laune.
Alles sehr schön, aber es erregt mich nicht mehr. Morgen will ich zu rekonstruieren versuchen und aufschreiben, was sie mir, als würde sie beichten, alles sagte.

15. Juli

Vielleicht bringe ich die Zeiten durcheinander. Ich widme diesen Passus Díaz Grey. Das mir aufgezwungene Telefon erzeugte Unwillen und Traurigkeit. Dieses in eine Ecke geduckte Weiß erinnerte mich stets daran, daß es in der Welt niemanden gab, den ich anzurufen wünschte.
Und wenn der Apparat klingelte, war es wie ein wiederholtes Schnarren, das sich durch die Luft fraß, nur um sich dann vor den knappen Worten zurückzuziehen.
Immer war es Díaz Grey, und er sprach, als fürchtete er, ein Dritter höre zu.
Mindestens einmal die Woche, doch nie an einem bestimmten Tag. Ein hypothetischer Telefonabhörer mußte enttäuscht sein, denn unsere Gespräche waren immer Varianten dieses Musters:

»Hallo, Carr. Ich wollte Sie einladen, einen *Malt* mit mir zu kosten, falls Sie nichts Besseres vorhaben« (hier lachte er herzlich).

»Caramba, Doktor. Ich wollte gerade onanieren. Sie wissen ja, daß Onan ...«

»Zum Teufel mit Don Juan. Um neun. Das mit dem *Malt* ist ernst gemeint.«

Ich stimmte in den Husten des Jeeps mit ein, und um neun stieg ich die Treppe zu dem hinauf, was er Petrus' Folly nannte. Vielleicht, ohne es zu wissen, in Erinnerung an meinen Freund Almayer, denn Díaz Grey hatte den Buch- und Zeitungskiosk des alten Lanza entdeckt oder gefunden.

15. August

Ich erinnere mich an den ersten Besuch meiner Freunde, der Lastwagenfahrer. Nun, die Freundschaft wurde an aufeinanderfolgenden Samstagen geschlossen. Ich las gerade ein Buch, irgendeinen Krimi, gegen den Lanza Einspruch erhoben hatte. Um mich her totale Stille, ausgenommen vielleicht die Serenade der Grille, deren Versteck im Schlafzimmer *Tra* nie hat finden können. Ich kehre zum ersten Samstag zurück. Es war nichts zu hören, aber mein Hund fing an zu knurren. Ich erwartete und befürchtete, daß er anschlüge, aber wir waren so gut Freund miteinander, wir liebten uns so sehr, daß ich nur mit ihm zu reden und ihn zu streicheln brauchte, damit er sich beruhigte und sich wieder ans Fußende des Bettes legte. Ich spürte, wie schwer er schon geworden war, stellte fest, daß er die Ausgelassenheit seiner Tage als junger Hund verloren, sich aber das

Glück bewahrt hatte, nicht zu wissen, daß er eines Tages würde sterben müssen. Jetzt vernahm auch ich die Geräusche des Entladens und den markigen Fluch eines Lastwagenfahrers, der sich beim Aussteigen gestoßen hatte. Wir machten uns nichts daraus und versuchten zu schlafen. Ihm gelang das, oder er stellte sich schlafend, um mir den Gefallen zu tun.

17. August

Die Samstage und Sonntage beginnen mit zagen Geräuschen, die mich nicht wecken, doch die Macht meines Schlafes schwächen. Es ist Eufrasia, die sich für ihre Fußwanderung nach Santa María Nueva ankleidet. Sie macht dort Besorgungen, findet Liebhaber oder trifft andere wieder, besucht Elviritas Pflegeeltern und kommt am Montag zurück, um mich mit der Erzählung von Neuigkeiten im Leben so vieler stupider Leute zu langweilen, die sie kennt, die für mich aber nicht mehr sind als eine nichtswürdige anonyme graue Gruppe. Doch auch von Elvirita sprach sie, im guten Glauben, sie kenne sie und wisse von ihrem Tun und Treiben.

Aber mir genügt, daß sie ihren Namen erwähnt und mir so, ohne es zu ahnen, erlaubt, allerlei Kurioses zu ersinnen, um meinerseits den Namen des Mädchens zu nennen. Aber vor ihrer Rückkehr an den Montagen erlebte ich, was in den zwei Nächten davor passierte.

Nun mag ich die nächtlichen Besucher. Ich mag den Lastwagen, den Mann, der ihn fährt und nie aussteigt noch viel redet, und auch, wiewohl ich sie nicht genauer kenne, die Ware, die ich manchmal bis unters Schuppendach zu sta-

peln helfe. *Tra*, für geschäftiges Treiben immer dankbar, feiert es mit Schwanzwedeln und leisem Bellen, das ich für freudiges Lachen des Willkommens halte.
Wahrscheinlich waren meine Gespräche mit der Mannschaft, eigentlich sollte ich sagen, mit dem Anführer der Fahrten, über Wochen und Monate immer gleich.
»Wie geht's, war's eine gute Fahrt?« sagte ich.
»Ohne Vorkommnisse«, sagte er.
Er war ein korpulenter Mann, rotblond, stets im gleichen großkarierten Hemd, ohne Zweifel aus einem Wildwestfilm in Technicolor gestohlen. Dieses Hemd, auf der Brust immer halb offen, war sozusagen seine Uniform, und nie trug er etwas anderes, mochten die Nächte heiß oder eisig sein. Einmal bot ich ihm einen Schluck aus einer der besten Flaschen an, die der Doktor geschenkt bekam, doch er winkte ab.
»Ich habe, was ich brauche«, zog einen Flachmann aus der Gesäßtasche und trank, ohne ihn auch mir anzubieten.
Wenn das Entladen beendet ist und der Lastwagen sich entfernt, erfülle ich meine nächtliche Aufgabe und gehe ans Telefon, um die durch den häufigen Gebrauch vorzeitig gealterten Worte zu wiederholen:
»Mission erfüllt.«

5. September

Einmal, getrieben von einer gewundenen Art von Feigheit, um mich aus der Verantwortung zu stehlen, ohne mich zu kompromittieren – die alte Versuchung, ins Wasser zu springen, ohne die Kleider naß zu machen –, murmelte ich Díaz Grey gegenüber vage Skrupel wegen meiner Mitwirkung beim Austeilen von Verfall und Tod.

Der Arzt verwirrte mich, als er sagte:
»Ein Drogensüchtiger, ebenso wie ein Alkoholiker, ist ein Selbstmörder. Er übt sein unbestreitbares Recht aus, einen Selbstmord in Zeitlupe zu begehen. Alkohol ist nicht verboten, weil die Regierungen Teilhaber der Hersteller sind. Sie kassieren ihre Gewinne über Steuern. Dasselbe gilt für Tabak. Sobald man den Selbstmord verbietet, werden wir auf die Lastwagen verzichten.«
Ungefähr dies waren seine Worte. Als ich mich verabschiedete, schenkte er mir ein Buch mit dem Titel *Der Mythos von Sisyphos. Ein Versuch über das Absurde*. Vor ein paar Tagen habe ich angefangen, es zu lesen.

18. Juli

Ich schreibe dieses Datum und ziehe es mit dem Kugelschreiber neuesten Modells nach, den ich in der Budike des alten Lanza gekauft habe. Es ist ein Datum, das ich gern fixiert sähe in der Posse der Tage, die sich akkumulieren und ihren Platz beanspruchen, mit ihrer Leere den Raum über diesen Aufzeichnungen einnehmen wollen.
Der alte Lanza, zu sterben verurteilt durch die maßlose Traurigkeit, die ihn mit der Besetzung seines Vaterlandes durch Militär, Priester und Schieber befiel. Zwar war die Woge des Schmutzes schon vor Jahren abgeebbt, aber sie hatte dem Heimatort des alten Lanza arg zugesetzt, seinem stillen Plätzchen, seinen Gewohnheiten, vielleicht sogar seiner Kuh, der Dorfschullehrerin und seinen Enkeln, seinen anspruchslosen Hoffnungen.
Während ich im Laden des alten Lanza, dieses unsterblichen Mannes, der in Wirklichkeit *España Peregrina* hieß,

Kugelschreiber verschiedener Farbe wählte, hörte ich ihn leicht spöttisch kommentieren: »Dieses Blau kann Ihnen zu allem möglichen dienen. Es gehörte dem Himmel, dann haben es die Schweinehunde gestohlen, danach kehrte es in den Himmel zurück. Den eines jeden. Für Liebesbriefe?« – er schubste die Kugelschreiber mit einem Zeigefinger weg, an dem mehr Nikotin als Haut war –. »Verachten Sie nicht dieses Rot, das wie die Muleta eines Toreros reine Täuschung war. Anderes wird kommen. Niemand weiß, was es auf der Welt mehr gibt, Blut oder Hunger.«
Ich wußte, daß es einst eine Tageszeitung gab, die sich *El Liberal* nannte, wie auch eine andere, die sich *El Socialista* nannte, die unregelmäßig erschien und vom Apotheker Barthé herausgegeben wurde. Heute gibt es lediglich die acht Seiten der Zeitung *La Voz del Cono Sur.*
Ich weiß nicht, ob diese Plauderei mit Lanza am selben Tag stattfand, den das Datum anzeigte, das ich in Ehren halten will und dem ich eine flüchtige Ewigkeit verleihen möchte. Das Datum bezeichnet den Tag, an dem ich glaubte, mich der intimen, nahezu totalen Wahrheit eines anderen Menschen genähert zu haben. Eines Tages werde ich auf Lanza zurückkommen. Jetzt gebe ich, nicht wortgetreu, die Geschichte wieder, die mir der Arzt erzählt hat.

10. Dezember

Lange Zeit machte ich mir über meine Gespräche mit Díaz Grey Notizen. Ich verwahrte sie zusammen mit den übrigen in einer zugebundenen großen weinroten Mappe, die ich beim alten Lanza gekauft hatte. Eines Abends sagte ich mir, daß es unsinnig ist, diese Aufzeichnungen mit den anderen zu vermengen. Denn meine nächtlichen Plaudereien mit dem Arzt bestanden in einer ewigen Wiederholung immer desselben. *Chamamé* oder nicht, Frau gemietet oder nicht; und vor dem Auftauchen des Türken und der scheinbaren Veränderung meines Lebens reduzierten sich meine Unterhaltungen mit dem Arzt darauf, mir seine Geschichten anzuhören. Während er seine Erinnerungen in Worte kleidete, wurde ich immer skeptischer und fast ungläubig, und ich gestehe heute, daß ich sogar argwöhnte, daß dieser Mann – ein wunderbarer Fabulierer – log oder daß es sich bei ihm um einen Fall von vorzeitiger Senilität handelte.

Dieser Díaz Grey, Gerichtsmediziner in Santa María, konnte nicht viel älter sein als fünfzig.

Jedenfalls erinnere ich mich an eine lange Reihe von Nächten und Ereignissen, und ich habe sie manchmal auch notiert. Ich will versuchen, sie zu verketten, und beginne zu schreiben:

Ich glaube, sein größter Stolz war, das friedliche Santa María aufzurütteln, indem er insgeheim dazu beitrug, daß der dänische Kuppler, dessen Namen er mir nannte und den ich mir auch notierte, aber dann verlor, sich in dieser Stadt niederließ, »wo alte Betschwestern, feiste Unternehmer und das nie in Erscheinung getretene Militär, das den geistigen Fundus des Abendlandes beschützte, das Sagen hatten«. Ich zähle auf, langsam und konzentriert, so wie jemand, der versucht, einen schon sehr fernen Traum in Worte zu fassen.

Dem Stadtrat aus fünf Mitgliedern gehörten zwei einer Partei an, die sich konservativ nannte – obgleich es nichts zu konservieren gab –, sowie zwei einer Partei, die sich liberal nannte, obgleich niemand sich mit niemandem je über diesen Begriff verständigt noch man sich überhaupt die Mühe gemacht hat, ihm eine glaubhafte Bedeutung zu geben. Angesichts der Bedrohung, welche ein öffentliches Haus darstellte, schrien die ersteren: nein, niemals. Und vielleicht nur um diese zu ärgern, akzeptierten die anderen aus hygienischen Gründen, die nie erläutert wurden, die Einrichtung eines öffentlichen Hauses oder Bordells, Freudenhauses, Puffs, Erotik-Centers oder wie auch immer genannt, das den Herren soviel Freude bereitete, bevor die tapferen Mädchen in ihrer Blüte oder Reife in den Apotheken die Pillenvorräte aufkauften.

Die oben aufgezählten Substantive wurden im Stadtrat, im Club und in allen dem Anschein nach ehrbaren Familien durchgezetert. Die Tageszeitung *El Liberal* war ihrem Namen zum Trotz weise, sie ignorierte den Streit und erhielt sich Leser des einen wie des anderen Lagers.

Aber es gab da noch ein Ratsmitglied, wie Díaz Grey mit geheimnisvollem Lächeln und leisem Triumph erzählte. Ich glaube, es war das einzige Mal bei tausend Gesprächen, daß ich ihn der Eitelkeit verdächtigte. Das Thema interessierte mich, denn ich dachte, es gäbe ein weiteres öffentliches Haus in Santa María, gleich ob Nueva oder Vieja, abgesehen von dem Strich unter freiem Himmel gegenüber dem *Chamamé*. Ja, in der Tat, es gab da noch ein Ratsmitglied, das fünfte, das behauptete, Sozialist zu sein, wie es ebensogut hätte versichern können, Monarchist zu sein.

Gut gelaunt wählten die Sanmarianer ihn ein ums andere Mal. Sie hatten, was normal ist, eine starke Abneigung gegen Berufspolitiker. Das Ratsmitglied Nummer fünf präsentierte jedes Jahr von neuem einen Plan, der die Einrichtung und Nutzung eines öffentlichen Hauses in Santa

María, das noch nicht in Nueva und Vieja geteilt war, vorsah. Er war dem Arzt zufolge Apotheker, fettleibig und Päderast. Ich erinnere mich weder an seinen Namen noch daran, was aus ihm geworden ist.

Der Arzt erzählte mir, jener Mann habe nach vielen diplomatischen Sondierungen erreicht, daß Santa María mit Stolz und mit Scham ein öffentliches Haus einweihen konnte.

»Mich leitete nur die Neugier und die Langeweile. Und ich erinnere mich, daß ich zu jener Zeit darauf verfallen war, mir rheumatische Schmerzen anzudichten, auch hatte ich mir einen Stock gekauft. Dieses leichte Hinken und Umhertappen mußte für einen Psychoanalytiker zweifellos irgendeine Bedeutung haben. Ich habe sie nie erfahren, und sie hat mich nie interessiert.«

Und nach dem großen Sieg des öffentlichen Hauses kann ich in aller Gewißheit schreiben, daß alles andere konfuses literarisches Zeug ist. Zu viele Geschichten, zu viele kleine Abenteuer für einen einsamen, in provinzieller Ödnis dahinvegetierenden Mann. Ich verlor Aufzeichnungen oder machte nie welche, aus Argwohn.

Ein Umherstreichen ohne erkennbaren Sinn auf dem Sand rings um ein Haus; die kindliche Bemühung, einen Ring zu vergraben, der mit einer Geschichte von Liebe und Tod zu tun haben mußte; Monate der Drogen, verschrieben und konsumiert von drei oder vier Personen, die vermummt flüchten, untergetaucht in die Stupidität von Liedern, Musikgedudel und stinkendem Schweiß eines schon alten Karnevals; ein Junge, eifrig bemüht, einem übelriechenden Ziegenbock ein christliches Begräbnis zu geben; ein Promoter von Freistilringen, ein alter Champion, von Kämpfen und von der Zeit schon besiegt, der über einen viel stärkeren und jüngeren Burschen den Sieg davonträgt, ohne sich das erklären zu können; doch genug.

Von all dem, woran der Arzt sich erinnerte, behielt ich für mich, als so geliebt, daß ich sie zu der meinen machte, die unmögliche Geschichte eines Mädchens, das aus Verzweiflung . . .

Es ist etwas Schönes, und ich möchte es nicht mit müden und zittrigen Fingern berühren. Vielleicht morgen, so Gott will.

Ich hatte den Namen des Mädchens vergessen oder wollte ihn vergessen, weil ich ahnte, daß er mir zu nichts nützen würde. Ich brauchte nicht lange zu warten, um zu erfahren, daß man sie, zum Beispiel, und nun für immer, Anamaría nennen mußte.

Nur wenn ich sie so nannte, würde ich sie auch sehen können, würde ihre Bewegungen begleiten, mit ihr und ihrem Schmerz Straßen, Geschäfte, Sanmarianer Gegenden besuchen können. Das Schicksal hatte sie geschlagen, hatte ihren geliebten Mann, den Quasi-Gatten, mir nichts, dir nichts verschwinden lassen, indem es ihn mit seiner Yacht in irgendeinem Meer mit unbekanntem Namen versenkte und ihr, vielleicht aus Sarkasmus, nur die Traurigkeit ohne Resignation ließ. Nur jenes Brautkleid, das tausend glücklicher Vorabende beraubt wurde. Dieses Kleid, das ihr blieb, um ihr die tiefste Bedeutung des Wortes unwiderruflich zu suggerieren.

Nun habe ich sie, die ganze Anamaría, und lege sie für Tage und Monate aufs Bett. Aber vergebens, immer vergebens. Es ist ein Bild, und ich verfüge darüber. Ich hänge das Kleid vor den Spiegel eines großen Schranks. Tüll und Spitzen verschleiern leidenschaftslose, trübselige Liebkosungen und die große Verzweiflung, die einen zwingt liegenzubleiben. So als preßte ich den Körper des Mädchens, ich weiß nicht wie lange, bis sie die Unmöglichkeit akzeptierte, alles Vergangene zu korrigieren. Bis der Wahnsinn, unaufhaltsam und langsam, ihren liegenden Körper umrankt, um sie mir zu entreißen, sie zu der Seinen zu machen und davon zu überzeugen, daß sie das weiße Kleid anziehen und gespenstisch und grotesk durch die Straßen und Gassen Santa Marías laufen müßte.

13. Dezember

Stets hielt ich es für Zeitverschwendung, mir Notizen über die zwei Fahrten zu machen, die mich auf dem vielleicht tückischsten Fluß zur grünen Insel und wieder zurück brachten. Vielleicht habe ich sie auch schon vor einiger Zeit gemacht. Heute aber habe ich keine Lust, viele Monate alte Aufzeichnungen durchzusehen. Auch weiß ich nicht, warum ich mich gerade an sie erinnere und ihnen weitere Zeilen widme, die vermutlich über ein paar Sätze nicht hinausgehen werden, die ich mit ebensoviel Gleichgültigkeit wie Mißmut gehört hatte.
Auf der Fahrt zum geheimen Flugplatz der Schmuggler, einem kleinen Rollfeld, das jeder Sanmarianer kennt, und bevor wir Professor Paleys kleines Sportflugzeug bestiegen, eindeutig zu erkennen durch die an der Nase gemalten Buchstaben und Ziffern, sagte mir der Türke ungefähr folgendes:
»Meiner Meinung nach kommt man mit dem Schrekken davon. Alles geht in Ordnung, man weiß nur nicht, wann. Bis dahin muß man sich unsichtbar machen. Sie hatten diesen betreßten Milizionär genau dort stehen, wo

er stehen mußte. Klare Weisungen. Immer dann, wenn der Lastwagen kam, sollte er einen Furz lassen und die Verfolgung aufnehmen. Nie hat er ihn eingeholt.
Ob er ihn nun sichtete oder nicht, der Lastwagen hatte genügend Zeit, die Fahrt fortzusetzen, ohne jemandes Neugier zu erregen. Doch was tut der große Idiot. Das Wegsehen brachte ihm jedesmal eine Million ein. Netto, ohne Steuern. Und diesem Kretin beliebt es, in den teuersten Restaurants zu speisen und sich zu kleiden, als wäre er der Prinz von Wales persönlich. Im Casino mit Chips um sich werfen und sich in den König der Milonga verwandeln. All das war mehr als fahrlässig, roch nach Provokation. Alle haben es gewußt und darüber geredet. Und natürlich mußten die Milizionäre da oben und ganz oben sagen, jetzt reicht's, sollten sie nicht Dreckspritzer abkriegen. Auch wenn sie immer schon im Dreck wateten. Und der Blödmann aus dem Dienst entlassen, und wer weiß in welcher gottverlassenen Gegend er nun den Verkehr von Karren und Dreirädern regelt.
Aber ich habe eine reine Weste, und wenn ich brenzligen Situationen aus dem Wege gehe, so auf Anraten des Arztes, der mir so manche Gefälligkeit erwiesen hat und den ich respektiere.
Jetzt gestatten Sie, daß ich anhalte und Ihnen eine sehr alte Geschichte erzähle. Ich habe nichts von einem Verrückten, auch wenn Sie meinen, dieser Drang zu erzählen sei pathologisch. Es handelt sich lediglich um eine Erinnerung, und manchmal denke ich, daß, sollte ich sterben, ohne jemand davon erzählt zu haben, auch diese Erinnerung stirbt, und für immer. Ich gebe die Geschichte an Sie weiter, so daß diese Albernheit ein bißchen länger fortleben könnte. Es steht Ihnen frei, dazu beizutragen, indem Sie sie weiter-

erzählen. Natürlich wird meine Version entstellt werden, aber etwas bleibt immer.«

Ich zündete mir eine Zigarette an, während der Wagen am Straßengraben zum Stillstand kam, und war darauf gefaßt, etwas Scheußliches, eine Schandtat zu hören.

»Sie wissen sicherlich«, begann der Türke, »daß die Menschen in keinem Land wissenschaftliche Namen gebrauchen, wenn sie von den männlichen oder weiblichen Geschlechtsorganen sprechen. Für meine Geschichte sind nur die der Frau von Interesse. In den Vereinigten Staaten, zumindest in New York, sagt man Kaninchen, Häschen oder Kätzchen, zärtliche Namen, obwohl es mich etwas stört, wenn ich an die Ohren denke. Und so überall. In Spanien sagt man *coño*, in Frankreich *con*, in Argentinien Muschel, Dose, Muschi, das ist regional verschieden. Meine Geschichte spielt in der Provinz eines tropischen Landes, wohin meine Eltern emigriert waren, als ich noch ein Kind war, ein Land, in das ich nie zurückzukehren gedenke. Dort sagt man, oder sagte man, Vöglein.

Fern vom Stadtzentrum gab es ein Viertel, wo alle Häuser weißgetüncht waren, lauter Bordelle, die nach sechs Uhr abends öffneten. Und die Geschichte, wenn man so sagen kann, ereignete sich an einem sehr heißen Mittag. Ich war schon achtzehn, aber ich war nicht in das Viertel gegangen wegen einer Frau, sondern um den Weg irgendwohin abzukürzen. Alle Türen waren geschlossen, die Dirnen hielten Siesta. Doch plötzlich kam ich zu einer offenen Tür und hörte jemanden trällern. Passen Sie auf, was genau ich dort gesehen und gehört habe.

Ich sah einen großen Patio mit rötlichen Fliesen. In der Mitte eine Frau, die sich in einem Schaukelstuhl wiegte, bekleidet, oder vielmehr kaum, mit einem offenen Morgenrock, der die Traurigkeit einer Hängebrust sehen ließ. Sie unterbrach ihr Lied immer wieder, um einen Schluck aus der Flasche am Fuß des Schaukelstuhls zu nehmen, und sang dann erneut mit ihrer alten, versoffenen Stimme:

Was schert mich groß
wer mir das Vöglein kost
wenn ich das bloß
nicht selber machen muß.

Wieder und wieder, mein Lieber. Mir kam das vor wie nicht von dieser Welt, ich traute weder meinen Augen noch meinen Ohren, es war irreal, unerhört.
Es hat sich mir tief eingeprägt, und ich erinnere mich ganz genau daran, so als sähe und hörte ich es. Eine Photographie, ein Bild, und dann dieses Lied. Nun, verzeihen Sie. Ich bereue schon, daß ich Ihnen dieses Geschenk gemacht habe, nun sind wir zwei. Machen Sie damit, was Sie wollen. Wir fahren jetzt weiter, das Flugzeug wartet.«
Der Türke setzte hinzu:
»Ich bin, ich gestehe es, auch in Ihrer Schuld, obgleich ich Ihnen das faktisch nie zu erkennen gegeben habe. Aber ich habe mir selbst etwas versprochen. Und ich halte meine Versprechen immer. Es handelt sich um einen Braten mit Fiesta. So nennen wir das. Und dieser Festschmaus wird auf Sie warten, sobald wir zurück sind.«

23. Januar

Was ich als meine Bleibe bezeichnen muß, ist ein Zimmer mit vier Wänden ohne Fenster und mit einer Tür, die auf

die Weide, die Sträucher und den Fluß hinausführt. Draußen gibt es eine Latrine in Form eines Prismas. Der Inselbewohner oder Insulaner lebt weiter unten in einem kleinen Holzhaus.
Ich habe wenig Schätze. Ich besitze einen Tisch und einen Stuhl zum Schreiben und Essen, wenn das Wetter es nicht erlaubt, das im Freien zu tun. Es gibt eine lächerliche Konstruktion mit dem Anspruch, ein Büchergestell zu sein: die klassischen drei Ziegelsteine an jedem Ende, die ein dickes Brett tragen, sowie weitere Ziegel, welche als Buchstützen dienen. Etwa zwanzig Bücher, alle, ich glaube, des gleichen merkwürdigen Genres. Ich werde noch darauf zurückkommen. Und schließlich gibt es einen richtigen großen Bücherschrank, einen von diesen unsympathischen mit Glastüren, durch die man Bände entdecken kann, die der Menschheit mittels eines großen Vorhängeschlosses vorenthalten werden.
Unmöglich zu vergessen, daß ich eine Hängematte als Bett habe, daß die Nächte oft sehr kalt sind, daß ich ein Moskitonetz besitze, viele Decken und etwas, das ich Daunenbett genannt habe: eine Bettdecke voller Knüllpapier. Die Hängematte hat etwas von dem Hund, den ich gerne hätte, um mit ihm zu spielen und ihn zu streicheln. Wenn ich mich des Nachts bewege, schwankt mein Bett in dem bekannten mählichen Hin und Her. Hier endet die Aufzählung meiner Schätze.

14. Februar

Mir kommt der Verdacht, der Inselbewohner ahnt, daß ich in meinem Zimmer oder an meinem Körper Geld versteckt habe. Tatsächlich habe ich vor der Diaspora die großen Scheine in ein Stück Stoff gewickelt, und das Päckchen ruht nun Tag und Nacht auf meinem Schamhaar im schon übelriechenden Schweiß, denn manche Nacht zwingt mich die Hitze, mich nackt auszuziehen, der Schatz jedoch bleibt immer geschützt durch das besagte Daunenbett voller Knüllpapier, das bei jeder Bewegung jämmerlich knistert.

Ich möchte mich erinnern oder wissen, was das Eigenschaftswort »gerieben« bedeutet. Denn der Insulaner ist gerieben. Wenn ich es nicht so genau nähme, könnte ich schreiben, er sei ein wortkarger Mensch oder einer, der wenig redet. Aber ich nehme es genau und gebe zu, daß es absurd ist, sein selten unterbrochenes Schweigen als gerieben zu bezeichnen. Manchmal ersetzt er Worte durch Gesten. Wenn er mir zu verstehen gibt, daß der Braten gar sei, sind auch seine Bewegungen, sein unverändert versteinertes Gesicht gerieben. Und außer gerieben nenne ich ihn meinen Freitag.

Ich weiß, daß er meinen trunkenen Schlaf ausnutzt, um mein Zimmer zu inspizieren und nach dem versteckten Geld zu suchen. Er versucht nicht einmal, seine Besuche zu verheimlichen. Als ich eines Mittags erwachte, sah ich die Spuren seiner vom Sprühregen oder vom Tau nassen Füße. Das amüsierte mich. Viele Male wird er meinen dumpfen Schlaf genutzt haben, um in meinem Zimmer herumzuschnüffeln. Enttäuscht, weiß er jetzt, daß ich den Schatz am Körper trage.

Ich will einen kleinen Vorfall notieren, der sich gestern ereignete, denn irgendwie hielt ich ihn für bedeutsam. Vielleicht geschah es, um etwas abzuschließen oder auch einzuleiten.

Das Geld war sicher, ich spürte es an mir, was mich amü-

santerweise an Frauenhintern, die sich an mich preßten, erinnerte; aber es war durchaus möglich, daß der Insulaner mir meine Dokumente gestohlen hatte. Ohne Papiere hörte ich auf, Carr zu sein, und wenn ich nicht Carr war, war ich niemand.
Ich riß mich aus der Siesta, die schon Stumpfsinn war, und suchte nach der im sauberen und kalten Schornstein versteckten Mappe mit den Aufzeichnungen. Da war sie, und beim Öffnen stellte ich mit Erleichterung fest, daß drei Dokumente die Existenz von Carr mit meinem unverwechselbaren Gesicht auf den Photos bestätigten. Aber vielleicht aus Freude darüber, nicht in die dunkle Nacht des Nichts exiliert worden zu sein, lockerte ich den Griff, und die Aufzeichnungen flatterten zu Boden. Als ich sie aufsammelte und auf dem Tisch zu ordnen versuchte, wurde mir klar, daß jene, die die Nichtexistenz der Zeit proklamieren, gar nicht so unrecht haben.
Melancholisch mischte ich so viele durcheinandergeratene Tage, Monate und sogar Jahre ohne diese chronologische Reihenfolge, dank der wir ein wenig glauben, daß es in dieser wiederholten, unermüdlichen Abfolge der Tage eine gewisse Harmonie gibt.
Natürlich ist der Widerspruch, dessen ich mich schuldig gemacht habe, auch mir erkennbar. Letztlich kommt dem nicht mehr Bedeutung zu als mir selbst.
Ich sah, daß sich fast alle Geschichten auf Santa María bezogen und auf das, was dort geschah. Und daß, was ich ungern zugebe, das einzige, woran mir wirklich liegt, mysteriöserweise diese Stadt, dieses Dorf oder dieses Kaff ist.
Warum also mit diesen Aufzeichnungen fortfahren, die in ihrem Durcheinander zusammenhanglos geworden sind.

Vielleicht kehre ich eines schönen Tages in diese Stadt zurück, die seit ihrer Gründung dazu verurteilt ist, Provinz zu sein oder, schlimmer, provinziell, und die mich sehr interessiert, ohne daß ich soweit komme, sie zu lieben. Vielleicht läßt der Türke, der mich auf einer endlosen Reise hierhergebracht hat, nicht allzulange auf sich warten und hält sein Versprechen, mich zu erlösen. Bis dahin wird mir die Zumutung der Mittagessen bleiben, bei denen ich dem geriebenen Insulaner gegenübersitze, der sich mit seinem scharfen Jagdmesser Fleischstücke direkt in den Mund schneidet. Und ich weiß nicht, ob er denkt, daß es an irgendeiner Stelle meines Körpers grüne Scheine gibt.
Außerdem sind mir die Räusche gewiß, die ich mir in der Abenddämmerung, wenn die Moskitos wie wild zu stechen beginnen, in schöner Langsamkeit antrinke. Sagte doch ein Freund, daß es nur zwei Götter gibt, Nichtwissen und Vergessen genannt.

20. Februar

Denn es fehlt der Insulaner, der mir keineswegs untergeben ist; eher ist er mein Gebieter, da er mir zu essen gibt; ein Stück scharf gebratenes Fleisch, zu dem wir einen miserablen Wein trinken, direkt aus der Flasche, die ein Etikett mit einer Weintraube schmückt, das somit suggeriert, der Inhalt sei aus Trauben hergestellt. Bleibt das Geheimnis des stets frischen Fleisches, wo doch das Boot des Lieferanten nur einmal die Woche bei uns anlegt.
Und noch ein Geheimnis bleibt. Doch ich sage mir, genug für heute. Ich bin müde, und die Nächte hier sind sehr kalt.

22. Februar

Ich sehe schon kommen, daß die Feuchtigkeit eines Tages den Sieg davontragen wird, als Rheuma oder Ischias oder irgendeine der Geißeln, die mich heimsuchen könnten, so geschrieben steht, daß ich alt werden soll. Einstweilen geht es mir gut, und ich kann mich bücken, um Bücher aus dem Büchergestell zu holen.

Und welch Vergnügen, diese Werke des Fin de siècle mit ihrer erotischen Prätention zu lesen, immer von Franzosen geschrieben, die danach trachteten, in die nicht existierende Akademie verfemter Autoren aufgenommen zu werden.

Ich stand mitten im Zimmer und blätterte in einem unglaublichen Buch aus dem Bretter- und Ziegelsteingestell, als es mich heimtückisch erwischte. Kälte in den Wirbeln und das Nahen eines Todes, der nichts als Müdigkeit war. Es gelang mir, mich in der Hängematte auszustrecken, und ich erinnere mich, wie Fragen mich bestürmten, die ich weiß nicht wer mir stellte. Ich begann mich zu fragen, wer ich bin, denn ich bin kein anderer, und ich sagte mir im Geiste unzählige Male meinen wahren Namen her, bis er seinen Sinn verlor und eine große weiße Leere folgte, in der ich mich zwanglos einrichtete und die das Sein und das Nichtsein war.

Nie sollte ich erfahren, wie lange ich diesmal Gefangener dieser Situation war. Als sie mich endlich freiließ, fand ich mich in einer kalten Nacht wieder bei abnehmendem Mond und dem allzu starken Rauschen des Flusses. Eine kleine Rekonvaleszenz für eine kleine Krankheit. Ich beschloß, mich über mich selbst lustig zu machen, suchte nach der Kiste mit dem schlechten Wein und fing an zu trinken, wie zur Strafe, als erfüllte ich ein Versprechen. Beim Entkorken der zweiten Flasche fiel mir ein, daß der Arzt eines Nachts, ganz nebenbei und ohne dem Bedeutung beizumessen, eine Bemerkung darüber gemacht hatte, daß meine Hände zitterten.

11. Mai

Doch nicht der Türke Abu sollte mich befreien, sondern Professor Paley höchstpersönlich. Es war ein Nachmittag, und auf dem ganzen Fluß war Sonntag. Er kam in einem mit dem Wimpel des Ruderclubs geschmückten Motorboot, das an der Landungsbrücke festmachte, und während der Steuermann dort blieb und sich das Herumschippern der Motor- und Ruderboote betrachtete, ging der Professor mit dem Insulaner in mein Zimmer, wo sie sich sehr lange unterhielten.
Obgleich seitdem viele Monate vergangen sind, kann ich mich an die Szene der Begegnung sehr wohl erinnern. Der geriebene Insulaner empfing den Professor wie einen alten, sehr lieben und verehrten Freund. Das servile Lächeln eines Landarbeiters gegenüber seinem Arbeitgeber.

15. Juni

Von der Insel zurückgekehrt, konnte ich feststellen, daß die Sache mit den Lastwagen nach wie vor normal lief.
Und ich kam zu dem Braten mit Fiesta durch eine telefonische Einladung des Türken, die geradezu ein Befehl war. Doch er sagte, wie sehr er bedaure, mir nicht Gesellschaft

leisten zu können, denn während ich mir hier am östlichen Zipfel der Grenze nahe dem Kommando zur Bekämpfung des Schmuggels, lauter gute und verläßliche Freunde, den Braten, wahrscheinlich Lamm, schmecken ließe, sähe er sich gezwungen, die Nacht mit Arbeit am westlichen Ende der Grenze zuzubringen, da die zur Zeit von Polizeitruppen entblößt wäre, weil die Polizisten bei mir sein würden, fern von Schwarzen und Goldmünzen.
So kam also ein Jeep mit einem Uniformierten, der militärisch grüßte und mir zuzwinkerte, und wir fuhren mitten am Nachmittag zu dem geheimnisvollen Braten.
Ich bekam ein sehr gutes Stück von dem Braten und verschlang es mit Hilfe eines sehr trockenen und schweren Weins. Auf meiner Uhr war Mitternacht. Da wies der Sergeant im Namen des Trios mit der Mauser in das Dunkel zu seiner Linken und sagte: »Sie zuerst, als Zeichen des Willkommens.«
Noch waren wir nicht betrunken, und die drei Männer blieben ernst, machten mit dem brennenden Ende ihrer Zigarette Glühwürmchen.
»Da geradeaus ist die Hütte. Ich kann Ihnen versichern, daß für die Gesundheit keine Gefahr besteht. Machen Sie sich wegen uns keine Sorgen. Nehmen Sie sich soviel Zeit, wie Sie möchten. Ich gehe als letzter, denn ich will erst ein Nickerchen machen.«
Alle ernst, und die Nacht ohne Mond, ohne Aussicht auf etwas, das der Liebe ähnelte, vier Männer ohne Freude noch Ungeduld, ohne Eile sich ablösend, um sich in einem Koitus zu ergießen, bei dem das Animalische mit Küssen und Liebkosungen nicht zu beschwichtigen war.
Ich lenkte meine Schritte in das Dunkel mit der Hütte, und bald schon bemerkte ich ein spärliches, armseliges Licht.

Die Tür war ein Vorhang aus Sackleinen. Ich schob ihn mit dem Ellbogen zur Seite, und es schlug mir ein beißender Geruch entgegen, den ein Haufen Lammfelle verströmte. Von der Decke hing eine Lampe mit gelbem Licht, und auf einem engen Bett lag eine Minderjährige in einem Nachthemd mit schmuddelig gräulichen Säumen.

Die Lage sondierend, sagte ich guten Abend.

»'n Abend«, antwortete sie mit einer Stimme, die um viele Jahre älter war als sie. Ich tat lächelnd einen Schritt auf sie zu und blickte in schwarze, unbewegliche Augen in einem hageren Gesicht mit hervortretenden Backenknochen. Und plötzlich erkannte ich sie. Ich hatte sie so oft und an vielen verschiedenen Orten gesehen, immer dieselbe, hatte sie mir an gleich welchem Ort der Welt vorgestellt. Sie war es, unverwechselbar, obgleich die ärmliche Art ihrer Kleider variierte. Da war sie, alte Freundin, altes Mitleid. Sie war da und ist weiterhin da, sich selber gleich, ohne heranzuwachsen, immer neu. Sie. Manchmal streckt sie eine Hand aus, die Papiertaschentücher oder Aspirin anbietet, Kondome, Bonbons, Schokoriegel. Unsterblich und eklektisch. Wenn der Arbeitstag so miserabel war wie ihr Pseudo-Leben und sie, ohne den flüchtigen Schutz durch etwas Geld, die Gefahren einer Rückkehr in ihre Höhle ahnt, dann kann sie auch das zum Kauf anbieten, was ihr trübes Lächeln verheißt, das nie einhergeht mit der völligen Desillusion, die für immer in ihren großen, unbeweglichen Augen liegt. Manchmal können die Bettlerinnen in ihrer Verzweiflung nur ihre nackten schmutzigen Hände darbieten, ein Almosen erbittend, die Augen im hageren Gesicht vergrößert, Augen, in denen Hunger und Haß abwechseln.

Ich legte ihr leicht eine Hand aufs Haar, aber abrupt entzog sie sich ihr.
»Lassen Sie das Getatsche, ich weiß genau, wozu Sie alle kommen. Besser, Sie beeilen sich, denn die sind imstande, mir nichts vom Braten übrigzulassen.«
Und da beging ich den Fehler und fügte ihr die schlimmste Beleidigung zu, die ein Mann einer Frau zufügen kann, egal ob sie eine Hure ist oder nicht ganz.
Die Wiederbegegnung endete mit einem Fiasko. Unmöglich, sie zu begehren; ich hatte sie so oft und gleich wo gesehen, hatte sie beschützen wollen, vergebens. Es war das Mitleid, das verdammte Mitleid.
So sagte ich ihr sanft und freundlich:
»Sieh mal, Schätzchen, was wir tun können ...«
»Ich bin nicht Ihr Schatz. Natürlich habe ich einen Schatz, aber der ist ein junger Bursche.«
Sie bewegte den Kopf, und ich sah auf der Wange, die im Schutz des Schattens gewesen war, eine lange Kratzwunde, mit ein paar Stichen genäht, die noch gerötet waren.
Ich fragte danach, und sie sagte:
»Das passierte mir mit meiner besten Freundin, der Maríamarta. Wir wollten beide auf einem großen Fest arbeiten, aber dann hörten wir, daß es gar nicht so groß sein würde und es keine Arbeit für zwei gäbe, sonst hätten wir uns gegenseitig um Geld gebracht. So haben wir uns gezankt, wer von uns beiden hingehen sollte, dann haben wir uns geschlagen, und ich habe sie besiegt. Wie Sie sehen, hat sie mich gekratzt, doch wenn Sie ihr einmal begegnen, werden Sie feststellen, daß auch sie nicht gut dabei weggekommen ist.«
Ich gab ihr recht und beharrte auf meinem Vorschlag:

»Sieh mal. Man hat mir gesagt, der Tarif ist vier Pesos. Ich lasse dir fünf auf dem Tischchen und wir plaudern eine Weile miteinander, um die Soldaten zu täuschen.«
Das Tischchen war eine hochkant gestellte Holzkiste.
Ich erinnere mich nicht mehr an die erste Beleidigung, die sie mir entgegenschleuderte. Doch erinnere ich mich an die Wut in ihren Augen und wie sie ihren Mund verzog. Der Dialekt der Grenzregion lebte wieder auf:
»Eu no aceito limosna.«
Sie hob das Nachthemd am schmuddeligen Saum bis zur Brust noch ohne Brüste hoch.
Es war finstere Nacht, als das Mädchen die Hütte verließ, wobei das Sperma ihre dürren Beine hinablief, und sie sich haßerfüllt und zynisch der Feuerstelle näherte, um endlich ein paar Stücke Fleisch zu essen nach so vielen Tagen Fadennudeln.

3. August

Ich möchte wie ein bockiger kleiner Junge schreiben: heute schreibe ich nichts. Die Tage mit unveränderlichem Gesicht erschrecken mich etwas. Die Wiederkehr immer gleicher, kaum zu unterscheidender Tage. Denn ich gestehe mir ein, daß ich mich oft irre und zum Beispiel nicht mit Sicherheit sagen könnte, ob es gestern war oder heute, daß ich, etwas betrunken, den sehr behutsamen und kraftlosen Brief an die jetzt Aurora und nicht mehr Aura genannte Frau schrieb, den ich nie zur Post bringen werde, da ich schon lange nicht mehr weiß, in welchem Land sie gerade lebt, sollte sie noch leben.
Auch bin ich mir nicht sicher, ob es gestern war, als die

Sonne in der Abenddämmerung ganz rot wurde und dieses Rot so lange anhielt, daß es mir wie eine Drohung vorkam. Immer geraten mir die Erinnerungen durcheinander, oder besser gesagt, ich weiß nie, wann, an welchem Tag die Dinge geschahen, an die ich mich erinnern will oder muß. Allerdings weiß ich, eine der Nächte wird Samstag heißen, und es wird der Lastwagen mit zwei Burschen kommen, und wir werden dieselben Redensarten und Scherze, oder doch fast dieselben, der früheren Samstage austauschen. Eine einzige Variante wird es geben, nämlich wenn sie mich darüber informieren, welchen merkwürdigen Behälter sie diesmal als Versteck für die Ware gewählt haben.
Es gab schon Spielsachen, Bücher und sogar Kokosnüsse. Ich denke an alle meine Tage und sehe sie vor mir wie Jetons auf einem Spieltisch, die aufeinanderfallen, alle von der gleichen blassen Farbe und von gleichem Wert.

3. September

Ich meinte, es wäre für diese zweckfreie Zerstreuung vergnüglicher, meine Notizen mit verschiedenem Schreibgerät zu machen. Also suchte ich den alten Lanza auf, und nachdem ich mir viele Flüche gegen Caudillos, Priester und Militärs angehört hatte, Flüche, die mit dem Wort *coño* eingeleitet oder gespickt wurden, kaufte ich bei ihm, außer miesen Krimis, eine ganze Anzahl Bleistifte, Federhalter, Kugelschreiber oder auch Dinge, die noch nicht erfunden waren, um Papier zu beschmieren.
Von irgendwoher kam mir ein grünes, gesprenkeltes Glas ins Haus, das mir, neben meinem Bett, eine ganze Skala Farben und sehr umstrittene Möglichkeiten zeigt, über

künftige Ereignisse Notizen zu machen, nie über solche, die schon stattgefunden haben. Ich notiere, daß ich, benommen und verblendet durch Eufrasias Gebräu, mir diese Aufzeichnungen manchmal ansehe, sie liebkose, indem ich den ganzen Stapel fest in die Hände nehme, ihm ein Lächeln schenke und dabei denke: warum nicht? Es ist möglich, daß ich diese Frage eines Nachts laut und deutlich artikulieren werde.

6. November

Heute erinnere ich mich, daß mir diese Aufzeichnungen während des Exils in meinem persönlichen St. Helena aus der Hand geglitten und auf den Boden gesegelt waren. Ich habe sie, so gut ich konnte, zusammengelesen, aber nie den Versuch unternommen, sie zu ordnen. Dazu wäre es unumgänglich gewesen, auf die Daten und Themen zu achten: ebendas war mir unmöglich. Zu lesen, was ich geschrieben hatte, war mir nicht nur unangenehm, sondern auch zuwider. Alles, was geschehen ist, ist tot und begraben im unaufhaltsamen Ablauf der Sekunden und Minuten sowie in den Stunden, die jene, die glücklich oder traurig waren, erbarmungslos überlagern.
Ich betrachte mir den Stoß Aufzeichnungen und weiß, daß ihnen keinerlei Los beschieden ist. Im Leben eines jeden normalen reifen Mannes gibt es immer eine ferne Frau. Fern durch die Geographie oder die Tage. Die meine werde ich nie wiedersehen. Wenn sie noch lebt, weilt sie an einem mir unbekannten Gestade. Und sollte sich das schon schlaffe Wunder einer Wiederbegegnung ereignen, würde ich dir auch dann meine Aufzeichnungen nicht zum Lesen

geben. Vielleicht, *ferne Frau,* wird dir der Stoß Blätter ein verschämter und elender Beweis dafür sein, daß ich in deiner Abwesenheit gelebt habe.

4. März

Ja, es gab zwei Fahrten und viele Worte. Vielleicht berichte ich davon ein anderes Mal. Sowieso gehören sie bereits einem fernen Gestern an.

Ich bin in Santa María, allein in dem großen Haus, das nach Feuchtigkeit riecht. Wenn ich mich ausgeruht fühlte, badete ich, rasierte mich und fuhr, um Díaz Grey zu besuchen, mit dem Jeep durch eine rötliche Abenddämmerung, die Regen ankündigte, der jedoch nicht kam.

Der Arzt empfing mich, als wäre ich erst am Abend zuvor bei ihm gewesen, als hätte ihn die alarmierende Nachricht nicht erreicht. Diesmal war es französischer Cognac, den er in entsprechenden Gläsern anbot. Vor dem Hinunterschlucken lange die Zunge zu bewegen war ein Hochgenuß.

Schon öfter hatte ich auf dem großen Schreibtisch einen Kassettenrecorder im Taschenformat gesehen. Und als er mir nach dem Klatsch vom Tage sagte, daß er es für loyal halte, mir so viele Dinge (Vorgänge, sagte er) zu erzählen, bat ich ihn um Erlaubnis, den Apparat zu benutzen. Er willigte ein, indem er nur die Achseln zuckte. Er sagte:

»Die Batterien sind leer.«

Verschämt ließ ich den Recorder liegen. Ich hatte in der Tat gedacht, der Arzt werde diese Nacht einen weiteren Schwall erlogener Ereignisse, in denen stets er die Hauptrolle spielte, über mich ergießen. Ich sagte mir, um so viele

Dinge erlebt zu haben, hätte man über wenigstens zwei Leben verfügen müssen. Jedenfalls beneidete ich armer Teufel ihn um seine Phantasie und seine ganz persönliche Art, Dinge zu erzählen, die sich nie ereignet haben. Enttäuscht fand ich mich damit ab, daß ich das, so sehr ich mich auch bemühte, nie fertigbrächte. Und ich meine nicht in der Konversation, wie er, sondern erst recht nicht beim Schreiben. Ich denke dabei an diese Aufzeichnungen, die ich entschlossen bin fortzusetzen, wer weiß bis wann.

5. Februar

An einem Samstag, fast bei Einbruch der Nacht, hörte ich, viele Stunden früher als gewöhnlich, das Geräusch eines Lastwagens, der sich meinem Haus näherte. Ich gehe vor die Tür, und wie ich im Begriff bin, zu grüßen und meine Hilfe beim Entladen anzubieten, beschleunigt der Wagen und war bald nur mehr Erinnerung. Ich rief Díaz Grey an, und er sagte mir:

»Das war Garay, der Einäugige. Dieser Vollidiot denkt, er könnte sich mit der Ware davonmachen. Er wird nicht weit kommen, dafür werde ich sorgen. Aber es wird Scherereien geben.«

16. Februar

Tage vergingen, und mir wurde klar, daß der Arzt von dem Geisterlastwagen nicht sprechen wollte. Ich erfuhr lediglich durch das Gerede des Packs im *Chamamé*, daß der besagte Einäugige, der keiner war, sich jetzt im Purgatorium oder im Inferno befand. Die Leiche wurde in einer Lache nahe dem Fluß gefunden. Nach dem, was ich hörte, war es mehr als Selbstmord.

4. Dezember

Es ist merkwürdig, daß ich in Augenblicken großer Traurigkeit und tausend kleiner Nostalgien, die sich verbünden, um mich zu verletzen, wenn auch nie zu sehr, mir das Heft betrachte, in das ich mit ein bißchen absurder Zufriedenheit, durchsetzt mit dem Wunsch, es zu verbrennen, meine Aufzeichnungen mache.

Jener, den ich da geschildert habe, ist nicht ganz ich.

Heute ein Besuch: Elvirita. Aufgeregtes Getue, heuchlerische Begrüßung seitens Eufrasia. Ein Kuß, wie zerstreut, auf meine beiden Wangen. Dann Schweigen. Sie, auf dem Bett liegend, liest diese Reihe von Zufällen, die einen großen Roman ergeben, *Die Falschmünzer.* Und ich betrachte mir diese so langen Beine, die in absurdem Schuhwerk, das man Stiefeletten nennt, beginnen und noch ganz weiß sind, weil der Sommer auf sich warten läßt. Ich betrachte mir heimlich die Stiefeletten, aus denen die Beine hervorkommen und wachsen, bis sie sich bei dieser Quelle meines heutigen Kummers, meiner leichten Verzweiflung vereinen.

15. Oktober

Vor einigen Tagen habe ich über Neuigkeiten geschrieben. Eine habe ich ausgelassen, und mit Recht, denn ich habe einen Schritt getan, oder mir eingebildet, ihn getan zu haben, eine Kleinigkeit, eine Bagatelle, ein kleines Nichts, welches das Schicksal mir beschied, um mich den Pforten des Glücks näher zu bringen.

Ich saß gerade auf der Bordsteinkante vor dem Haus und spielte mit *Tra,* dem Hund. Ich glaube, jeden Tag freunden wir uns mehr an. Ich weiß, er mag meinen Geruch und meine Gesellschaft. *Tra* ist sehr gewachsen, und seine großen und starken Pfoten beunruhigen mich etwas. Ich habe nie gehört, daß er jemanden angefallen hat, doch er mißachtet Eufrasia, indem er sich blind und taub stellt.

Ich neckte *Tra,* weil ich an seinem gespielt drohendem Knurren meinen Spaß hatte, und so hörte ich die Schritte hinter mir nicht. Zwei Hände bedeckten meine Augen, und ich wußte, daß es Frauenhände waren, da ihr Druck nicht sehr stark war. Sie hatten sich einfach nur auf mein Gesicht gelegt. Keine Stimme stellte die blöde Frage: Rate mal, wer bin ich? Befürchtend, die Freude, die ich vermutete, könnte zunichte werden, bedeckte ich diese anderen Hände mit den meinen und murmelte: »Meine liebe Elvirita.«

Ich richtete mich für sie auf. Sie bot mir ihre Wange, doch aus Scheu küßte ich sie auf den Kopf, auf das Haar, das so kurz geschnitten war, daß es einem Helm ähnelte. Meine Augen wurden feucht, als wir die üblichen Platitüden austauschten. Sie zeigte ihr für mich schmerzliches Lächeln der Jugend und Gesundheit. Sie hatte lange Beine, sie war für immer fünfzehn, sie benahm sich manchmal recht burschikos, so als hätte die Natur es noch nicht dahin gebracht, ihr eine vollkommene Weiblichkeit aufzuprägen. Die mit tausend Dessins geschmückte Bluse deutete die Wölbung der kleinen Brüste eben nur an. Von ihrer Schulter baumelte eine Tasche, und sie trug Blue jeans.

Ich erinnere mich, daß ich vage bemüht war, mir das kleine Mädchen ins Gedächtnis zu rufen, dem ich in Eufrasias Abwesenheit öfters die Kleider wechseln mußte.
Sie war sehr hübsch, Freude strahlte aus ihren großen blanken Augen, aber es lag in ihnen auch etwas Defensives und Herausforderndes, und wie alle jungen Mädchen hatte sie ein Geheimnis. Vor allem aber war sie ein Mädchen, das auf die Welt gekommen war, um dem Leid der Menschen ein wenig Glück beizumischen. Sich ihrer Aufgabe nicht bewußt, genügte es ihr, zu sein und dazusein.
(Bei der Durchsicht dieser Aufzeichnungen halte ich es für angebracht, zu erklären, wie bedeutsam es für mich ist, daß mir zu meinem Glück das Leben vergönnt hat, Mädchen heranwachsen zu sehen. Ich habe dies hier erst heute geschrieben und sehr fern von Elvirita, die ich noch immer anbete. Vor langer Zeit sagte mir ein Freund, sein Eheleben rekapitulierend: »Man heiratet ein Mädchen, und eines bösen Morgens erwacht man neben einer Frau.« Das kommt vor.
Die Generationen kommen und gehen, die Welt aber ist immer von falschen Mädchen bevölkert. Viele Mädchen wurden nicht als Mädchen geboren, und ihr lamentabler Zustand wird sich nie ändern. Die echten Mädchen sind von ihrem ersten Schrei an bereits reizende Sklavinnen ihres unabänderlichen Schicksals. Denn die Mädchenhaftigkeit bleibt ihnen erhalten, unabhängig vom Alter oder den Wechselfällen des Lebens. Sie ist ewig, und Schönheit ist nicht unerläßlich.
Eine andere erklärte zu Zeiten der Rosen und des Weins: Mädchen wirst du sein, und Schönheit wirst du dieser Welt bringen.)
Wir gingen ins Haus. Ich hinter ihr, verliebt in ihren noch

reifenden Hintern, von der Hose rabiat eingezwängt. Elvirita legte ihre Tasche auf den großen Tisch zwischen Flaschen und Gläser und betrachtete dann prüfend den Zustand der Reproduktionen. Jene, die sie von ihrer Kindheit her kannte, die ich damals gerade bekommen und an die Wände gepinnt hatte. Mehr als einmal habe ich die Art ihrer Anordnung bereut. Nie jedoch habe ich Anstalten gemacht, etwas zu ändern. Eufrasia war mit ihr gekommen und hatte sich in ihrem Kabuff eingeschlossen. Vielleicht schlief sie.

Tra folgte dem Mädchen, wobei er ihre Sandalen beschnupperte. Schwanzwedelnd begrüßte er sie. Ihre Gleichgültigkeit gegenüber dem Tier schockierte mich.

Jäh unterbrach Elvirita die Inspektion und sagte:

»Alles ruiniert, nicht?«

Ich versuchte mich zu verteidigen, sprach ihr von der Feuchtigkeit der Wände, von einem unterirdischen Wasserlauf, den trockenzulegen unmöglich wäre. Doch sie hörte mir nicht zu. Mit dem Daumen zeigte sie hinter sich auf die Kurtisane von Picasso und lächelte etwas melancholisch und spöttisch: »Erinnerst du dich? Deine Braut, nicht wahr?«

Sie wandte sich von der Kurtisane ab und wies mit einer Kopfbewegung auf die Tür des Kobens, wo Eufrasia ohne Untertanen herrschte.

»Stimmt's, daß du Alkoholiker bist und so was heiraten willst?«

Ich fragte mich, ob sie übergeschnappt war oder nur einen verunglückten Scherz gemacht hatte.

Ich mußte kurz lachen, doch sie blieb ernst. Sie faßte mich am Arm, und wir entfernten uns aus Eufrasias Hörweite. Wir traten hinaus in die Sonne, und aus Vorsicht gingen

wir noch ein paar Schritte weiter. *Tra* zog es vor, drinnen zu bleiben.
»Kind«, sagte ich, »was ist das für dummes Zeug.«
Und so, an der Hausecke stehend, ihr ganz nah, verwirrt, ungläubig und peinlich berührt, auf ihren schwatzenden Mund sehend und sie im Geiste, wie bei einer Taufe, mit der Sanftheit des Wortes *rosebud* liebkosend, erfuhr ich, wie Carr Eufrasias Schilderung nach war. In meinem Leben hat es nicht an Homunkuli gefehlt, die so manche meiner Handlungsweisen für niederträchtig hielten, doch nie habe ich etwas gehört, das sich vergleichen ließe mit diesem aus Lüge und Groll erschaffenen Carr.
»Das Leben, das ihr geführt habt, war ein wahres Martyrium, denn du warst immer betrunken, und wenn du ein Glas zuviel getrunken hattest, dann hast du sie fast krankenhausreif geschlagen, und du hast sie verrückt gemacht mit deinem ständigen Drängen, daß sie dich heiratet, sie aber konnte doch nicht, denn als sie jung war, fast noch ein Kind, hatte man sie mit einem Sohn aus gutem und reichem Hause verheiratet, er hatte eine Haut wie Milch so weiß, aber es gab Schwierigkeiten mit den Schwiegereltern, und alles endete mit der Trennung, und, um sich zu trösten, durchreiste der Ehemann die Welt, und niemand weiß, wo er ist, nicht mal eine Adresse hat er hinterlassen, so daß sie jetzt, auch wenn sie Bettelei und Strafen ertragen muß ...«
Elvirita log nicht, und Eufrasias Böswilligkeit schien mir einen Anflug von Verrücktheit zu haben; ich weiß nicht, ob die echten Mädchen Polypen haben können. Sie unterbrach sich, um eine Weile mit offenem Mund zu atmen. Ihre Stimme war erloschen. Als sie sich erholt hatte, redete sie weiter, bis der unverschämte, barsche Befehl Eufrasias zu uns drang:

»Elvirita, komm sofort her!«
»Für wen, zum Teufel, hält die sich eigentlich«, explodierte das Mädchen und ging, ja lief fast, zur Haustür. Aus Neugier folgte ich ihr, beschleunigte meinen Schritt. Ich versuche mich zu erinnern und schildere die Szene. Eufrasia hielt mit zwei Fingern der rechten Hand einen bläulichen Plastikstreifen, den sie über Elviritas offener Tasche kreisen ließ. Präservative, mußte ich zugeben, als mein Wunsch, mich zu irren, nicht in Erfüllung ging.
»Kondome«, kreischte die Frau, »und das überrascht mich nicht, denn schon lange habe ich geahnt, daß du ein Hürchen bist und mit Männern gehst.«
»Wer hat dir erlaubt, in meiner Tasche herumzukramen, Scheißnegerin.«
Sie drehte sich zu mir um und sagte mit gezwungenem Lächeln:
»Die Jungen sind ja so unvorsichtig.«
So verwandelte ich mich in den alten, gütigen Vater, der alles versteht und alles verzeiht.
»Sau«, brüllte Eufrasia, Schaum vor dem Mund. Sie ließ die Kondome fallen und ging auf Elvirita zu, holte zu einer Ohrfeige aus. Doch das immer Mädchen bleibende Mädchen war fixer. Aus ihrer Schultertasche holte sie ein offenes Messer und wich etwas zurück, nahm Kampfstellung ein.
»Wehe, du rührst mich an, dreckige Negerin ...«
»Hure, Lügnerin«, sagte Eufrasia. Aber sie schien mir nicht mehr aggressiv; eher traurig.
Elvirita preßte ihre freie Hand auf ihre Vulva.
»Die gehört mir und niemandem sonst, und ich mache damit, was ich will.«
»Elvirita, du bist verrückt geworden. Du bist nicht Elvirita.«

Das Gesicht der Jüngeren schien gealtert; nicht durch die Zeit, sondern durch einen Zynismus, der es zu einer perversen Grimasse verzog. Das Mädchenhafte fiel von ihr ab wie Rinde von einem Baum.

Das Gezeter hatte den Hund herbeigelockt, der jetzt knurrte und die Zähne fletschte, ohne sich entscheiden zu können, welche der beiden er angreifen sollte. Zigmal sagte ich »ruhig, *Tra,* ruhig«, wobei ich ihm über das gesträubte Fell strich. In dem Augenblick wurde mir bewußt, daß er gefährlich werden könnte.

»Ja«, sagte Elvirita, »wir sind beide Lügnerinnen. Sie haben zu lügen begonnen an dem Tag, als eine andere Frau mich gebar, und ich habe mich seit meinem ersten Verdacht verstellt. Denn ich habe es aus meinen Paten herausgeholt. Aber betrachten Sie sich doch mal im Spiegel, und dann sehen Sie mich an. Mein Gott, sagen Sie mir bloß, wer würde das glauben!«

Sie fing an zu lachen, und diese Verspottung, dessen bin ich sicher, schmerzte Eufrasia mehr als die Beleidigungen. Sie ließ die Arme sinken, Tränen liefen ihr über die Wangen, und sehr langsam, mit schlurfenden Schritten, ging sie in ihren Verschlag zurück. Ich stopfte die Kondome wieder in die Tasche und schloß diese. Ohne zu ihr hinzusehen, wußte ich, daß sich das Mädchen nicht gerührt hatte und in meinem Gesicht zu lesen versuchte.

Ich klopfte ein paarmal an Eufrasias Tür und ging hinein. Sie lag auf dem Bettsack und weinte lautlos.

»Don Carr«, sagte sie unter Zuckungen, »ich wollte ja nur Gutes tun. Der Arzt hatte mich darum gebeten. Ich glaube, ich sterbe. Das Herz.«

Ich fühlte ihren Puls und strich ihr über die Stirn. Alles normal. Als sie laut zu weinen begann, ging ich hinaus.

Da war weder Elvirita noch der Hund. Und die Tasche war natürlich auch nicht mehr da. Nun konnte sie sich ruhig weitere sechsmal herumsuhlen. Die große Hure. Aber sie überraschte mich, als sie an einer Ecke des Hauses auftauchte.

»Verzeih mir«, sagte sie. »Das war sehr häßlich, und alles Häßliche widert mich an. Ich will mich nicht entschuldigen, aber ich werde es dir erklären.«

Ganz allmählich, mit der Sanftheit einer über den Strand leckenden Welle, zeigte sich erneut ihr jugendliches Lächeln.

»Entschuldige, es war wie eine Explosion, all die Jahre habe ich an mich gehalten. Ich wollte mich mit dem Messer nur gegen diese verrückte Schwarze verteidigen, die dich betrunken macht und am Ende aus dir noch einen Tropf, einen Jammerlappen machen wird. Manchmal muß ich daran denken, wie du warst und wie du, das hoffte ich, sein könntest. Das Messer habe ich bei mir, weil wir eine Gruppe von Mädchen sind, die sich geschworen haben, all die Dreckskerle umzubringen, die mit dem Segen der Polizei und der Richter weiterhin Mädchen vergewaltigen. Du wirst lachen, aber sie haben einen erwischt und haben ihm mit einem riesigen Plastikphallus den Arsch aufgerissen, haben ihm die Eier abgeschnitten und ihn vor der Tür eines Krankenhauses liegengelassen. Der Schuldige ist nie aufgetaucht, denn, weißt du, wer es war? Fuenteovejuna.«

17. Oktober

Mehr als einmal war ich im Laufe meiner nächtlichen Visiten bei Díaz Grey versucht, ihm die Geschichte von Elvirita und ihrer Mädchenbande, die sich gegen Vergewaltiger verschworen hat, zu erzählen. Gestern tat ich's, ohne ihm zu sagen, was mit Eufrasia passiert war, die sich mittels etlicher Liter Kräutertees erholt hatte und nach Santa María Nueva gegangen war, um den Streit womöglich fortzusetzen, und ich löste bei ihm verschiedene Reaktionen aus, die ich nicht ganz verstand. Er erkundigte sich nach den Besuchen des Mädchens in meinem Backstein-und-Zement-Palast. Er wollte wissen, wie oft diese Besuche stattfanden; auch fragte er nach Eufrasia. Ich ahnte, daß er wissen wollte, ob die Scheinmutter zugegen war, wenn die Kleine kam, wie er sie zu nennen pflegte. Was er mich nicht direkt zu fragen wagte, war, ob ich mit der Kleinen schliefe. (Gott gebe es.)

»Eufrasia ist immer da, und oft kommt es zu sehr komischen Streitereien zwischen den beiden«, sagte ich, ebenfalls ausweichend.

»Ja«, sagte der Arzt. »Jetzt aber ist die arme Eufrasia im Krankenhaus, ich selbst habe sie hingebracht. Bedenklicher Zustand, verschlechtert sich nicht, bessert sich aber auch nicht.«

»Ja, ich bin unterrichtet. Ich hoffe, sie kommt durch.«

Schon lange sage ich mir, und jetzt notiere ich's, daß das, was der Arzt sagte, gleichsam ein Pokerface hatte. Auf seinem Schreibtisch lagen zwei große Schachteln Cadbury-Pralinen, auch gab es eine Flasche walisischen Whisky. In dieser Nacht kam mir der Verdacht, genährt von embryonalen Vertraulichkeiten, von ein paar Worten, die ihm dank des walisischen Whiskeys im Laufe der Unterhaltung entschlüpft waren, daß sowohl Eufrasia als auch die Kleine das Haus auf den absurden Pfählen frequentierten. Vor allem aber, daß das Mädchen Kontakt zu Díaz Grey hatte.

»Die Phantastereien der Kleinen machen mir Sorge. Daran erkenne ich die Mutter wieder. Diese Geschichte ist reinweg erlogen, oder doch fast. Es stimmt, daß mehrere Mädchen den Vergewaltiger überfielen und ihn vergewaltigten. Aber nicht mit einem künstlichen Phallus – es betrübt mich, daß dieses Kind schon weiß, daß es so etwas gibt –, sie haben es mit einer dicken Mohrrübe gemacht, wie man sie auf dem Markt findet. Und sie haben ihm nichts abgeschnitten, der Mann hat, so gut er konnte, von selbst das Krankenhaus erreicht. Tiefer Riß, sehr ernste Hämorrhagie. Sind Sie sicher, ein Messer gesehen zu haben?«

»Ein normales Messer oder ein Schnappmesser, für mich kein Unterschied. Doch sie hat es mir mit Stolz gezeigt.«

»Was die Kondome angeht, kann ich Ihnen versichern, daß es sich um reine Angeberei handelt. Fragen Sie mich nicht, wieso ich das weiß.«

Ohne Worte oder Gesten gebot der Arzt Schweigen, und wir tranken in Ruhe weiter.

20. Dezember

Jetzt, so fern und so allein wie immer, zwinge ich mich, den Schluß zu schreiben.

Vielleicht tue ich es aus einem dunklen, unverstandenen Verlangen nach Rache. Vielleicht auch, um mich von einem Fehler freizusprechen, den ich nicht habe begehen wollen. Ich bin erneut hier. Nackt, und das ist keine Literatur, denn

dieser Sommer ist erbarmungslos gegen die Armen, und ich spüre ihn auf dem Blechdach der Bruchbude, in der ich hause, unerbittlich vibrieren.
Diesmal ist es mir gelungen, ohne jede Hilfe zu fliehen, und ich habe alles da unten in Santa María Vieja zurückgelassen, ein Ort, den ich lieben zu lernen begann. Als ich die Uniformen sah, die sich im grünen Dunkel des gegenüberliegenden Waldes bewegten, wurde mir klar, daß es an der Zeit war, zu fliehen, um nicht der Polizei in die Hände zu geraten.
Jetzt, schweißtriefend und einen schwarzbraunen Wein aus Lorenzo trinkend, bin ich bettelarm und bettelallein.
Und jeden Abend überkommt mich die Erinnerung an die vergeudeten Tage, an mein schofliges Verhalten.
Ich wiederhole, ich weiß gar nicht, warum ich all dies schreibe.
Ich saß also allein an meinem Tisch, der Nachmittag war lau und ich der einzige Bewohner des großen Hauses, abgesehen von *Tra,* der unentwegt, wenn auch vergebens, was ihn frustrierte, auf Mückenjagd war, während ich schrieb und bedächtig einen irischen Whiskey genoß, ein Geschenk des Arztes.
Bis der Hund kurz und freudig anschlug. (Manchmal, wenn die Erinnerung schmerzhaft wird und ich ein paar Glas zuviel getrunken habe, mache ich die Sonne für meine Demütigung verantwortlich.)
Ich war gerade dabei, das Geständnis von Díaz Grey aufzuschreiben, als sich etwas zwischen meinen Tisch und die sonnige Helle der Türschwelle schob. Der Hund hatte Elviritas, María Elviras, überraschenden Besuch schon begrüßt.
Ruhig und lächelnd stand sie in der Tür, und die Hellig-

keit streifte ihre Knie. Sie trug keinen Büstenhalter, und ich meinte das dämmrige Dreieck ihres Slips zu sehen. Gerade nur eine Sekunde lang, doch als sie den Raum betrat, war ich in einem Zustand großer Erregung, der nicht zu bändigenden Verrücktheit meiner so fernen zwanzig Jahre.

Sie kam näher, bot mir als lächerlichen Ersatz für einen Kuß ihre Wangen und den Duft ihres Haars. Ich dichtete ihr den Geruch nach Schweiß an und versuchte ruhig und väterlich zu lächeln.

»Schreibst du immer noch dummes Zeug? Könntest du nicht mal was Vernünftiges tun? Hier erzählt einer herum, daß du der erste Chronist dieses Kaffs bist.«

Dann ihr Lächeln, ein kurzes Auflachen, ihre Zähne, die Zungenspitze. Und wie ein Reflex meine Dummheit. Wenn man zu sehr begehrt, glaubt man, der andere ist gleichgestimmt.

Mein Kuß verrutschte durch eine wütende Kopfbewegung und glitt zwischen Ohr und Hals. Das Mädchen wich einen Schritt zurück.

»Hör auf, den Narren zu spielen mit diesem Geruch nach altem Mann, der einen umhaut.«

Breitbeinig dastehend, mit dem Rücken zur Sonne, die ihren Rock durchscheinend machte und das kleine himmlische Dreieck verriet, kaum verdunkelt von dem Seidenstoff, den ich ihr geschenkt hatte, den ich zuvor in Stunden der Einsamkeit, des Verlangens und der Eifersucht berochen und beleckt hatte, sagte sie lächelnd: »Mein lieber Alter. Ich nehme den Jeep und komme gleich zurück. Vielleicht tue ich, was ich immer schon tun wollte. Wenn du mir in Gedanken beistehst, hörst du auf zu trinken, und wir brechen den Bann.«

Ich glaube, zurückblickend, daß ich für einen Augenblick das Bewußtsein, die Erinnerung, das Gefühl verlor, ich zu sein. Ich erinnere mich, daß sie noch einmal kurz auflachte und irgendwas sagte und ich nicht verstand. Dann hörte ich das Geräusch des Jeeps, der sich entfernte.

Ich erinnere mich, wie ich ein weiteres Mal vor der Schreibmappe und der Flasche saß. Ich trank, als haßte ich das Trinken, als wollte ich ihm mit jedem Schluck den Garaus machen. Bis zum Abend und der widerwärtigen Überraschung. Sie war nicht nur widerwärtig. Hinzu kam Schrecken und Irrsinn. Ich hörte das Händeklatschen, rief herein, und gleich darauf sah ich Autoridá, *Tra,* stumm, mit einem Maulkorb, und Elvirita, María Elvira, in Handschellen.

Die Bestie, diesmal in seiner so verhaßten Milizuniform, trat einen Schritt vor und sagte:

»Hier bringe ich Ihnen Ihre kriminelle Tochter, und Sie sind wegen Anstiftung zum Verbrechen angeklagt.«

Vor Haß brüllte ich fast:

»Diese Frau ist nicht meine Tochter.«

Alles war seltsam, geradezu irreal, denn meine Elvirita hatte nichts mehr von der Grausamkeit à la Geruch nach altem Mann. Sie war einfach nur da. Lächelnd und sanft, ganz anders als bei ihrem Besuch einige Stunden zuvor.

Ich wußte, dieser Polizist war betrunken oder stand unter Drogen oder beides zugleich.

Die Bestie in Uniform fuhr fort:

»Ich rufe Sie zur Ordnung und bitte mir Ruhe aus. Gegen fünfzehn Uhr dreißig wurde diese herzlose Delinquentin von der Krankenschwester Sonia Matero, verheiratet, volljährig, vierunddreißig Jahre, bei dem Versuch

ertappt, die Sauerstoffzufuhr mit Hilfe einer Schere zu unterbrechen, das heißt den Schlauch durchzuschneiden, der die Flasche mit dem Zelt verband, unter dem ihre eigene Mutter, Señora Ufrasia, Ihre Gattin, nach Atem rang.«
Der Mann war übergeschnappt, und meine Verblüffung, zusammen mit einem Lachreiz, wirkte belebend.
»Sie sind im Irrtum, und ich kann Sie wegen Diffamierung und Verleumdung vors Gericht ziehen. Die Señora Eufrasia ist nicht meine Frau. Sie ist meine Köchin.«
»In diesem Land hat nur einer das Sagen. Das einzige Gericht ist Euergnaden, und Euergnaden hat mir Order und Erlaubnis gegeben. Wenn sie nicht Ihre Frau Gemahlin ist oder war, dann ist dies ein klarer Fall von Konkubinat, vielleicht auch von Ehebruch.«
María Elvira blieb ruhig und lächelte, die Hände in den Handschellen auf ihrem Schamhügel. Auf eben der Stelle, die ich sterbensgern geküßt hätte und die unerreichbar blieb.
Ich habe vergessen, welchen unglaublichen Schwachsinn der uniformierte Idiot verzapfte, als sie ihm in die Parade fuhr und mit klarer Stimme sagte:
»Verzeih mir, Juan. Verzeih mir wegen all dem.«
»Sie halten den Mund«, bellte Autoridá. »Euergnaden hat angeordnet, daß Sie festzunehmen sind. Geheimes Ermittlungsverfahren. Kein Wort darüber.«
»Diese Frau ist nicht meine Mutter, das habe ich schon dem Richter erklärt.«
»Ruhe!« brüllte die Bestie und schlug auf die Handschellen, um ihr noch mehr Schmerz zuzufügen. »Ich werde mich mit Euergnaden beratschlagen und mich dann wieder mit Ihnen befassen. Für mich handelt es sich um ein im Affekt begangenes Verbrechen. Und Sie sind der An-

stifter. Ich werde massenhaft schmutzige Sachen aufdekken, eine Menge Straftaten.«

María Elvira und *Tra* bildeten das Rudel, das er mit sich zog bis zu dem großen schwarzen Auto, das ich nicht hatte kommen hören.

Zum ersten Mal machte ich vom Telefon Gebrauch. Ich rief Díaz Grey an, um ihn zu bitten, mir einen Wagen zu leihen, da ich nicht wußte, wo mein Jeep geblieben war.

An dem Abend ging ich in das Café-Bordell in der Hoffnung, daß Autoridá dort auftauche, so daß ich ihn nach dem weiteren Schicksal des Mädchens fragen könnte. Aber das *Chamamé* hatte sich verändert. Einzelheiten: Bei vorgerückter Nacht stieg der Rauch und Geruch von Marihuana-Zigaretten zur Decke auf. Keine Spur von dem Milizionär. Die Frauen gingen nicht mehr draußen auf den Strich, sie hatten mit ihren Parfüms und ihrem Gelächter die Tische und die türlosen Latrinen erobert. Ich habe vergessen, wann ich dem Richter gegenübertrat, um ihn nach Elvirita zu fragen. Zu spät, er war schon betrunken und antwortete nur:

»Die Gerechtigkeit nimmt ihren Lauf.«

Ich spürte, daß es mit der Welt zu Ende ging, und sagte sanft zu ihm, er solle gefälligst zu der Hure hoch drei von Mutter gehen, die ihn geboren hat.

2. Februar

Nun ich dies schreibe, bin ich dem Geschehen schon fern, aber immer noch von einer Angst gepackt, die, so empfinde ich's, sich schlank macht, um besser in mich einzudringen. Ich ließ den Richter in seinem lärmigen Pfuhl und dachte an den Arzt. Aber ich sah kein Licht in den Fenstern. Mir fiel ein, daß ich gehört hatte, wie Autoridá sich brüstete, sein eigenes Haus sei ein »wahres Präventivgefängnis« und daß er dort Hühnerdiebe, spottlustige Kritiker und andere aus purer Laune eingesperrt halte. Aber ich wußte nicht, wo der Dreckskerl wohnte. Irgendwo in der Altstadt. Ich erinnerte mich an den Titel eines Films, den ich in meiner Jugend gesehen hatte: *Dancing in the Dark*. Die Straßen, durch die ich ging, wurden mit jedem Schritt stiller, waren schon unbefestigte Wege. In dem Film hörte man ein paar Takte aus einem der beiden Blues, die ich für unsterblich halte. Es war der *Saint Louis Blues*. Und ich armer Narr irrte unter den letzten Laternen nie zuvor besuchter Vororte herum. Ich wollte mich ermüden, wollte aus Erschöpfung vergessen, blind von der Nacht hoffte ich auf das Wunder, das mir das gesuchte Haus zeige. Mir wurde bewußt, ich entdeckte verwundert, daß ich dich seit einer Zeit, die so fern ist, daß sie nie existiert hat, immer geliebt habe, daß ich auf dich gewartet habe, noch bevor du geboren wurdest. Daß während meines ganzen Lebens meine Liebe zu dir unter Freuden und Leiden verborgen glühte.

13. Februar

Heute ist Freitag der dreizehnte. Autoridá war mir schon immer als Stinker vorgekommen; vor zwei Tagen führte sein übler Geruch die Nachbarn und richtige Polizisten zu seinem »Präventivgefängnis«, wo sie ihn fanden.
Der Dreckskerl war tot, die Kehle durchschnitten; auch *Tra* war tot, vermutlich von Kugeln aus der Pistole des Milizionärs niedergestreckt; und Elvirita war nicht da.

15. Februar

Ich denke an Díaz Grey und sage mir, daß ich eine Elegie für zwei Stimmen schreibe oder schreiben könnte, den Pas de deux eines Balletts, getanzt von einem Marionettenpaar. Ich versuche zur Ruhe zu kommen, trinke und rekonstruiere eine Vergangenheit, die erst vor ein paar Tagen dazu wurde.

Hund und Milizionär tot. Das ist alles im Augenblick. Mein *Tra* hat Elvirita beschützt und wurde erschossen. Aber ich kann nicht sagen, was er zu beschützen versucht hat. Denn ich glaube nicht, daß Autoridá zudringlich geworden ist. Er gehörte zu der immer größer werdenden Legion derer, die sich vom Duft der Frauen angeekelt abwenden und an anderen Gerüchen Gefallen finden.

Doch heute, bei diesem Abschied, darf ich nicht mehr lügen noch meine alte Sympathie für die lesbischen Spiele verheimlichen, die das Alter zwangsläufig zur Groteske werden läßt. Aber sind nicht alle Formen der sexuellen Liebe im Alter grotesk?

Bevor ich mich hinsetzte, legte ich den Kummertöter, den mir der Arzt vor langer Zeit geschenkt hatte, auf den Tisch. Reine Farce und ziemlich albern. Der Revolver, der mit seinen sechs Kugeln tugendhaft bleiben wird, ist einer der herrlichsten Gegenstände, eines der schönsten Designs, die ich je gesehen habe. Ich bewundere diesen Revolver und denke, daß er in würdiger Weise zu der Komödie beitragen dürfte, die nie Wahrheit werden wird. In dem großen Haus, das ich jetzt allein bewohne und das die Stille des welken Laubs und der Sense des abnehmenden Mondes ungeheuer wachsen läßt, schreibe ich langsam den Epilog, der seine Dosis an Irrtümern nicht vermeiden kann noch will.

Ich versuche sie als etwas zu sehen, das Männern wie Frauen von Natur aus anhaftet.

29. Februar

Vor langer Zeit, die eine bessere Zeit war, als ich jung war und an die Erlösung der Menschen, Flöhe und Läuse, wie der Dichter schrieb, glaubte, las ich einen Schmöker, von dem ich nur den Titel behalten habe: *Der Inhalt einer Flasche Tinte*. Heute, in dieser lauen Sanmarianer Nacht, mache ich mich daran, den Inhalt von Flaschen mit drei Sternen zu beschreiben.
Es wird nicht bloß eine Notiz sein, sondern eine Geschichte von nicht vorhersehbarer Länge, deren Glaubwürdigkeit mir noch zweifelhaft erscheint. Aber es hat sie gegeben, sie hat sich abgespielt ohne irgendwelche Lügen und wurde mit dem Tod besiegelt, um Konfusionen und Ergänzungen vorzubeugen.
Wie es sich gehört oder unauffällig immer der Fall ist, beginne ich mit mir. Das Blutbad im Haus von Autoridá, von ihm Präventivgefängnis genannt, schmerzte mich aus zwei Gründen.
Tras Gesellschaft, die mich während vieler Monate und Jahre dermaßen glücklich gemacht hatte, daß ich sie für ewig hielt, machte mich zum besten Freund des Hundes.

3. März

Aber ich habe schon darauf hingewiesen, daß ich jetzt nicht mehr nur ich bin. Traurigkeit und Schuld ergeben ein schönes Paar.

Díaz Grey sagte:
»Wie es aussieht, hat meine Tätigkeit als Gerichtsarzt mit der Obduktion zweier Tiere ihren Höhepunkt erreicht. Reizend, das. Die Flucht unserer Kleinen macht mir Sorge.«
Er bediente sich des Plurals mit einem leisen Lächeln, das komplizenhaft sein sollte.
»Sie werden verstehen, daß ich viele Stunden lang Sklave des Telefons war. Natürlich habe ich zuerst den ruhmreichen Verteidiger der Grenzen des Vaterlandes angerufen, nämlich den Paten. Doch nichts. Es führte nur dazu, daß auch er sich beunruhigte. Danach habe ich alle meine Verbindungsmänner in beiden Santa María angerufen. Die legalen wie die anderen. Doch wieder nichts. Es steht gar nicht fest, daß sie über die Grenze gegangen ist. Machen Sie kein so trauriges Gesicht. Schauen Sie, ich selbst bin ganz zuversichtlich. Ich kenne sie, ich bin sicher, sie hält sich aus reinem Mutwillen versteckt. Schon bald werden wir gute Nachrichten erhalten. Bis dahin versuchen Sie sich zu trösten, wie es die Leidenden im Tango oder Flamenco tun.«
Wir tranken uns zu. Es war ein aus süßlichem Cidre gebrannter Schnaps aus Calvados.
Über all das und noch vieles mehr wurde gesprochen während der ersten Tage nach Elviritas Verschwinden.
Zu dieser Zeit zeigte sich der Arzt identisch mit dem Díaz Grey unserer ersten Begegnung. Den Kriterien eines Polizeibeamten nach wäre dieser Mann, er und seine Seele, zu erkennen aufgrund folgender Beschreibung: mittelgroß; blondes, schütteres, ergrauendes Haar; grünlich-braune Augen; besondere Kennzeichen: keine. Vielleicht reichten diese Daten für die Grenzpolizei aus, um ihn zu identifizieren und ihn des Fluchtversuchs zu beschuldigen, sollte er

versuchen, einer Gefahr zu entrinnen, die ich kommen sah, aufgrund dieser durch nichts begründeten Intuition, die man zu Recht für weiblich hält.
Aber ich wußte, und diesem Wissen konnte ich nicht mehr ausweichen, daß alles um mich her eine gigantische und absurde Farce war, denn sowohl Díaz Grey als auch die Nostalgien, die er mit mir teilte, waren nie das gewesen, was ich, der Fremde, Realität nannte. Aus Trägheit, aus Angst, zu stolpern und mich verpflichtet zu fühlen, endlos zwei und zwei zu addieren, um schließlich beruhigt zu sein, da das Spiel mir immer vier bestätigte.

Diese Wiederholung, die begann, als die Sonne fahl wurde und langsam ein »bis morgen« ankündigte, das man als freundschaftlich oder als spöttisch empfinden konnte. Diese dämmrigen Abende, die in die Nacht mündeten und uns einschläferten, den Arzt und mich, die wir die Totenwache für die Abwesende hielten, von der wir hartnäckig glaubten, daß sie am Leben sei und uns vielleicht ganz nah war. Díaz Grey war nach wie vor gelassen und machte einen fast glücklichen Eindruck. Einmal mußte ich denken: ein Falschspieler mit einer Karte im Ärmel. Bis ich dann zu spüren begann, daß die Würmer des Überdrusses sich in lästige kleine Giftschlangen verwandelten, die sich um die Stiele der Gläser schlängelten, um die Geschichten, bloße Erinnerungsfetzen, die wir uns gegenseitig und mit Nachdruck auftischten, da wir befürchteten, der eine oder andere könnte die Ermüdung eingestehen, dies »wozu das alles noch«.
Ich tat es dann aber doch, kam eines Abends nicht zum nicht verabredeten Treffen und half statt dessen der rotglühenden Sonne, sich hinter der Insel Latorre zu ver-

stecken. Es heißt, sie ist oder war einst das Refugium oder das Hauptquartier von möglicherweise phantomhaften Schmugglern oder schlicht von Phantomen. Auch geht die Rede, daß jene, die sich ihrem trügerischen Glanz genähert hatten, nicht wiedergekommen seien.

Die Insel Latorre hat ihr Geheimnis stets zu bewahren gewußt, und nicht ich werde es sein, der es zerstört. Sollte es einmal einen Gründer und Besitzer gegeben haben ... dieselben Alten, die behaupten, jene große Flut, die von Brasilien herabkam, erlebt zu haben, stimmen in ihrer Schilderung überein: Latorre ist oder war einst wohlbeleibt, schmutzig-bleich, weibisch, schüchtern und gutherzig.

Aber was soll's, das ist unwichtig. Tatsache ist, daß ich mich von Díaz Grey und seiner Umgebung weiterhin fernhalte. Daß ich von Konserven lebe, die ich selten warm mache, daß von Zeit zu Zeit stechende, wenngleich auszuhaltende Schmerzen meinen Leib durchzucken, daß ich einen sehr schweren, fast schwarzen Wein trinke. Und daß ich weiter schreibe.

7. *Oktober*

Jetzt, ohne die Bedrohung namens *Tra,* ließ meine Grille fast pausenlos das Vibrato ihrer Violine hören; es war zu einem der tausend großen und kleinen Dinge geworden, die unerläßlich waren, damit die Nacht im Dunkel intakt und besänftigt blieb.

Bis dann zu all der physischen Malaise meines Erwachens eines Vormittags das Hupen eines Wagens hinzukam. Ich wusch mir die Augen und ging hinaus. Die verdammte

Hupe war verstummt, und als ich auf den Wagen zuging, kam ich mir vor wie ein Eindringling in eine häusliche Szene. Die Jose, die Dunkelhäutige, saß am Steuer, und Jeremías Petrus' Tochter, blond, an ihrer Seite, wiegte den Kopf, den Kopf einer Toten. Die Jose begrüßte mich, indem sie für den Bruchteil einer Sekunde ihre blendend weißen Zähne entblößte. Unvermittelt befahl sie der anderen, sich auf den Rücksitz des Wagens zu setzen. Die Blonde murrte und rührte sich nicht. Die Jose, die zu mütterlicher Rundlichkeit neigte, deren Arme jedoch nicht feist waren, sondern eine fast männliche Muskulatur besaßen, gab ihrer Begleiterin eine schallende Ohrfeige, so daß diese in Tränen ausbrach, schrie und, ganz klein und folgsam werdend, in die Kindheit zurückzukehren schien.

»Ganz ruhig, meine Liebe, ja?« sagte die Dunkelhäutige.

Langsam, immer noch weinend, öffnete Angélica Inés die Wagentür, stieg aus, öffnete den hinteren Schlag und kauerte sich auf den Rücksitz. Nun weinte sie leise vor sich hin, wie ein bestraftes Kind. Ich setzte mich neben die Jose, die mir, den Motor anlassend, sagte:

»Verzeihen Sie. Aber wäre es nicht wirklich dringend, wäre ich nicht gekommen, hätte Sie nicht gestört. Betrachten Sie's als eine Entführung zu einem guten Zweck.«

Sie lachte kurz auf, ich sagte die entsprechende Albernheit, und wir fuhren eine Zeitlang schweigend dahin. Erst in Höhe der Fischerdörfer, die rechts von uns lagen, aber durch die Bäume verdeckt waren, begann die Frau zu reden. Das Flennen in ihrem Rücken hatte aufgehört.

»Seien Sie beruhigt, ich fahre Sie nicht zu einem Leichenbegängnis. Aber es ist was Schlimmes passiert, und Sie als der einzige Freund des Arztes, oder doch fast der einzige, können uns vielleicht helfen. Wir brauchen dringend Hilfe, jeden Tag wird es schlimmer.«

Ich erkundigte mich nach Eufrasia, Doña Eufrasia für ihre Tochter, die nicht gleich das entsprechende Gesicht machte, als sie sagte:

»Arme Mama, das Krankenhaus will sie nicht entlassen. Immer erfinden sie neue Gründe. Ich meine, wenn es keine Heilung gibt, soll man sie in Ruhe sterben lassen.«

»Vor einigen Tagen, ich weiß nicht mehr wann, kam der, den wir ›Zweimal‹ nennen, wegen des Films. Haben Sie den gesehen? Der mit Lana Turner. Denn den Habib nannten wir ›der Postmann, der sich immer zweimal betrinkt‹. Und dieser Spitzname ist ihm geblieben. Er kam also ins Haus und brachte einen Brief für den Herrn Doktor. Ich konnte nur die Briefmarke sehen, und die sagte mir nichts. Nun, damit begann dieses Unglück, das Sie gleich sehen werden und das ich Ihnen vielleicht erklären muß.«

Schließlich hielt der Wagen vor der großen, schwarz gewordenen Eisenpforte mit den verschlungenen Initialen J. P., deren Gitterspitzen, seit Jahren nicht bewegt, in den Boden spießten. Ich stieg die Treppe hinauf, öffnete die Tür zum Arbeitszimmer und blieb dort stehen, um mir die angekündigte Katastrophe zu betrachten.

So wie vor einigen Minuten Angélica Inés' Gesicht wieder das einer Einjährigen geworden war, näherte sich das Gesicht des Arztes, sein ganzer Körper und selbst sein loses Hemd dem Zeitpunkt, da das Alter nur noch Widerwärtiges bietet.

Jener dort war nicht mehr Díaz Grey. Es war ein betrunkener, schamloser Greis, der seinen kahlen Kopf hob und dessen Augen sich resigniert damit abfanden, nicht zu verstehen. Das Gesicht, auch dies schwankend, schien dominiert von alter, unbarmherziger Haut, die an diesem Schädel haftete und ihn seit dem Augenblick beschützt hatte, als jemand, der ihm den Hintern versohlte, das erste Wimmern der Reue hervorrief. Und nun, vom langen Dienen billigerweise ermüdet, erschlaffte die Haut erleichtert und fältelte sich dann zu Runzeln, wie sie das immer tut, bevor sie kahle Schädel, leere Augenhöhlen hinterläßt und die völlige Ruhe des Gewürms und des Staubs sucht.

Ich konnte nicht umhin zu denken, daß jener dort, noch ein menschliches Wesen, dabei war, sich zu mumifizieren, daß er fast schon eine Mumie war. Er musterte mich einen Augenblick, und ich begriff, daß ich immer noch ein Niemand für ihn war. Er hatte eine Flasche und ein Glas vor sich. Das Etikett konnte ich nicht erkennen. Dieser Pseudomensch beschimpfte mich mit obszönen Worten, Worte, die mein Freund, der Arzt, nie in den Mund genommen hätte, und füllte sein Glas, ohne etwas danebenzugießen, was ich nicht für möglich gehalten hätte. Er trank seine Medizin oder sein Gift, ohne einmal Atem zu holen. Er stellte das Glas auf den Schreibtisch zurück, und sein Kopf kippte langsam nach vorn, bis er, umgeben von den Armen, auf der Tischplatte ruhte; so nahm er die klassische Haltung eines Mannes ein, der seinen Rausch ausschläft. Aber hier war etwas oder mehreres mit im Spiel, das nichts mit Alkohol zu tun hatte.

Mehr noch verwirrte mich das verkniffene Lächeln, mit dem Jose, die Dunkelhäutige, den nahezu kahlen, auf den Schreibtisch gesunkenen Kopf betrachtete. Sie machte mir mit der Hand ein Zeichen, und wir drei gingen in ein anderes Zimmer, das ich noch nie betreten hatte. Ich bemerkte, daß Angélica Inés wie ein Hündchen hinter der Frau her-

lief, die sie gezwungen hatte, die Freuden des Masochismus zu kosten.
In diesem Zimmer bekannte ich mich ohne Vorbehalt zu dem Ausspruch eines befreundeten großen Schriftstellers: »Stellt man mir jemanden vor, genügt mir zu wissen, daß es ein menschliches Wesen ist, womit ich die Gewißheit habe, daß es nichts Schlimmeres sein kann.«
Ich erinnere mich noch sehr deutlich an die Unterhaltung in diesem Zimmer, das die Sonne bis zur Unerträglichkeit aufheizte. Die beiden auf einem Sofa, die Hände ineinandergelegt, ich auf einem Stuhl mit hoher und harter Rükkenlehne. Ich hörte zu, und mein Kopfnicken vertrug sich insgeheim mit dem Mitleid und der Ironie, die mich vor dem Ekel zu bewahren vermochten.
Die Jose sagte sanft zu der anderen:
»Kindchen, geh doch mal runter und sieh, ob es regnet, nächstes Jahr gibst du mir dann Bescheid.«
Angélica Inés nahm den Scherz mit einem kurzen Lachen auf.
»Ja, Mami. Aber was man versprochen hat, muß man auch halten.«
»Wenn's so weit ist, Kindchen. Ich habe immer Wort gehalten.«
Als wir uns allein gegenübersaßen, erprobte die Jose an mir alte Initialtricks der Verführung, ohne sich womöglich bewußt zu sein, daß sie dabei war, sich zu wiederholen.
Ein Lächeln, das sich von der Schüchternheit einer ersten Begegnung (weiter nichts als Sympathie) bis zu einer sehr breiten, vorurteilslosen, feuchten Weiße entwickelte. (Nach Belieben zu deuten.) Vor allem aber die Augen, der verräterische Spiegel der Seele, die großen Augen, die Erwartungen vergrößerten, »die ich nie eingestehen werde,

doch die du vielleicht errätst«. Und manchmal vergaß sie ihr Zungenspitzchen zwischen den Zähnen.
Ich weiß nicht, noch werde ich je erraten, wie man das fertigbringt. Tatsache aber ist, daß sie, während sie sprach, die uneingestandene Augen-Mund-Provokation nicht aufgab.
»Sie haben unser Unglück gesehen. Ein Unglück, in dem der Arzt sich suhlt und uns mit hineinzieht. Auch wenn Sie es nicht glauben, jeden Tag sind wir vom Hunger bedroht. Nun, Sie werden verstehen, daß ich übertreibe. Wer auch wollte Don Díaz Grey einen Kredit verweigern. Als ich die Gefahr kommen sah, sagte ich mir, daß die Unschuldigen nicht für die Sünder büßen sollen, und lief, um so viele Vorräte anzuhäufen, daß sie auch dann reichen werden, sollte man uns monatelang belagern. Und die von der Küste lassen uns nicht im Stich, auch wenn sie nicht wissen, was uns Armen widerfahren ist. Und mit den Lichtsignalen kenne ich mich aus.«
Es wurde immer heißer, und dazu ermuntert oder mich selbst ermunternd, betrachtete ich die kleine silberne Schlange, die der Schweiß zwischen ihren Brüsten herunterlaufen ließ. Ich mußte an die traurigen Hängebrüste ihrer Mutter denken. Alles an der Jose verriet sie und verriet die Falle. Und wir redeten, ergingen uns in dummen Phrasen, die eine Barriere bildeten, welche ihr Vorhaben verbarg. Das ging so weit, daß sie Traurigkeit und Lächeln unglaublich übertrieb. Schließlich überwand sie sich und sagte mir, welchen Plan sie verfolge, seit sie meinen Morgen mit der Huperei zerstört hatte.
Die große Vertraulichkeit wurde unterbrochen, weil die Sonne, immer noch nicht vertrieben, ihr Strähnen ins Gesicht zeichnete und sie blendete. Sie entschuldigte sich und stand auf, um die Jalousie herunterzulassen.

»Verstehen Sie meine Verzweiflung, denn ich sehe das Ende nahen und wage nicht einmal, es mir vorzustellen. Sehen Sie, nach langen Jahren des Streits wurde das Urteil gesprochen, und dort in der Hauptstadt hat man Señor Petrus recht gegeben, der mehr als ein Vater für mich war und der nun in Frieden ruhen kann. Aber damit die Sache klar ist, als der Arzt dessen Tochter heiratete, gab es noch kein positives Urteil, und wir, arm wie Kirchenmäuse, bissen uns durch, indem wir Dinge verkauften, die uns geblieben waren. Ich betone das deshalb, weil in diesem Scheißkaff manch einer sagen wird, daß die Heirat des Arztes eine bloße Geldheirat war.
Ich dagegen habe immer gewußt, daß es ein Akt der Großmut war, er hat getan, was er tun mußte, ohne dazu verpflichtet zu sein. Ich wußte die Wahrheit, habe sie immer gewußt, aber ich wollte nie in ihn dringen. Anspielungen, mag sein, daß mir einige entschlüpft sind. Aber er, immer gedankenverloren. Ich wußte sehr wohl, daß man darüber nicht sprechen konnte. Verzeihen Sie, wenn ich mich so lange damit aufhalte, aber ich habe immer geglaubt, daß es Dinge gibt, die der Himmel nicht verzeiht. Ich erinnere mich noch genau, so als wäre es heute, als meine arme Kleine schwanger wurde und wir Doktor Díaz Grey aufsuchten. Sie erkannte ihn wieder und schoß davon. Und er, natürlich erinnerte auch er sich und hielt eine lange Rede über Moral und Ärztekammern. In Wahrheit aber war es ihm diesmal unmöglich, etwas zu tun. Wer sagt Ihnen, daß er nicht anfing, Zuneigung zu ihr zu empfinden, und immer habe ich gedacht, eher als der Herr Pfarrer war es Gott, der sie vereint hat.
Er, der ohne Frau lebte, spazierte des Nachts im Ort herum und machte dabei die Farce mit dem Tak-tak des Stocks,

den er gar nicht brauchte, und ausgerechnet in einer dieser Nächte entwischte sie mir und ging auf die Suche nach einem Mann. Danach hat sie die Schuld einem Gringo vom Staudamm zugeschoben, doch mir kam ein Verdacht, und ich habe nicht lange gebraucht, die Wahrheit herauszubekommen.

Allerdings wollten wir alte Geschichten, die die Zeit überholt hat, nicht wieder aufwärmen.«

Es amüsierte mich, wie sie das arme Opfer der Ohrfeige mit einbezog.

»Ich wiederhole, all das ist Vergangenheit, wir müssen uns dieser Gegenwart stellen, die wir nicht gewählt haben. Als das glückliche Urteil ergangen war – nachdem die Rechtsanwälte, die Richter und die einflußreichen Leute nicht wenig für sich abgezweigt hatten –, wurde die Kleine als einzige Erbin vorgeladen, um das Geld in Empfang zu nehmen, das damals mehr wert war als heute. In der Stadt hier sprach man von Millionen. Ich weiß von nichts, soll es soviel sein, wie Gott will. Jedenfalls dachte der Arzt, es sei besser, vorzubeugen, und alles ging auf die Banken und auf seinen Namen, außer dem Haus, glaube ich. Die Rendite war immer mehr als ausreichend. Aber sehen Sie, wenn der Arzt nicht unterschreibt, kommt kein Centavo ins Haus. Das hat mir viele schlaflose Nächte bereitet, schließlich aber habe ich eine Lösung gefunden. Vielleicht mit Hilfe des Himmels, denn wie meine arme Mama bin auch ich sehr fromm.«

Irgend etwas mußte ich sagen, um meine Ungeduld zu beschwichtigen und meinem wachsenden Verdruß Luft zu machen. Es war schon Zeit, zu Mittag zu essen und eine kurze Siesta zu halten. Ich warf irgendwas ein und wurde hellwach, als die Frau verkündete:

»Ich bin keine Gelehrte, aber ich bin auch nicht dumm. Tatsache ist, daß der Arzt unzurechnungsfähig ist, wie Sie selbst haben sehen können. Diese seine Unzurechnungsfähigkeit muß vom Gericht beglaubigt werden, und er muß seiner armen Frau alle Vollmacht geben, wie das in solchen Fällen üblich ist. Sie können dabei unparteiischer Zeuge sein, gemeinsam mit Doktor Rius zum Beispiel. Wie denken Sie darüber?«
Ich dachte zumindest zweierlei, wollte es aber nicht sagen. Statt dessen sprach ich ihr von der Rechtsordnung, von der Ärztekammer, von der Langsamkeit, zu der ein so steiniger Weg zwinge. Sie brachte Argumente vor und flehte mich an, nie in ihrem Namen, sondern im Namen des armen Mädchens mit dem bitteren und ungerechten Schicksal. Ihre Augen konnten feucht werden, aber Tränen, das merkte ich, würden nie zu ihren Freunden zählen.
Es war mir, als ginge ich mit aufgekrempelten Hosenbeinen, um sie nicht zu beschmutzen.

2. *Mai*

Bestrebt, mich aus allem herauszuhalten, was mit Geld, mit Unzurechnungsfähigkeit und Habgier zu tun hat, und heillos betrübt, zu sehen, daß die weite Welt von solchen Leuten bevölkert ist, von Leuten wie ich selbst, mögen Gleichgültigkeit und Verachtung mich auch schützen, beschloß ich, mich völlig zurückzuziehen. Der Schmutz der Welt drang nur durch ein altes Radio zu mir in das große Haus. Allerdings kam ich nicht darum herum, den Jeep zu benutzen – ich weiß immer noch nicht, wem er gehört –, um Lebensmittel heranzuschaffen, Don Lanza, diesem so lieben Menschen, einen Besuch abzustatten und mit einem Haufen Zeitungen und abscheulichen Romänchen zurückzukommen, die er Krimischeiß nannte. »Nicht zu fassen, daß Sie.«

Seine Angebote an guter Literatur stießen meinerseits stets auf hartnäckige Weigerung. Später beglückwünschte ich mich dazu, daß ich nichts davon habe wissen wollen. Manchmal hörte ich die Nachrichten im Radio, und alles war genauso wie in den Zeitungen. Die grauenvollen internationalen Nachrichten, verfälscht von der vulgären Prosodie der Radiosprecher und Politiker. Auch in den Zeitungen glänzten Perlen wie »die Sonne der Gerechtigkeit«, »numantische Verteidigung« und die ewigen »gehe davon aus, daß«. Eine wahre Pracht, doch ich hatte keine Lust, mit Frohnaturen zu feiern: »Was für Rindviecher!«

Während dieses meines Friedens kamen regelmäßig die Lastwagen, um ihre Fracht zu entladen. Aber ich konnte mich dieser Trägheit der Seele nicht lange erfreuen.

Es gab da draußen jemanden, der meinen Gedanken applaudierte. Er klatschte eifrig und ausdauernd. Ich ging hinunter, um zu sehen, wer das sein mochte, und den eventuell zu beschimpfen, und da stand, lächelnd und nicht sehr betrunken, Habib, der Postbote. Sowie er mich sah, deutete er eine Verbeugung an, betitelte mich Doktor und betrat ungeniert das Haus, das er mit großen Schritten durchmaß, als imitierte er den Rundgang des Eigentümers. Schließlich ließ er sich in meinem Sessel nieder und verlieh mir noch einmal den Doktortitel.

Ich schaltete die Obszönitäten und Albernheiten des Radios aus und blieb vor ihm stehen.

Wir sahen uns eine ganze Weile lächelnd an, als hätten wir gewettet, wer von uns beiden dieses Lächeln von Totenschädeln, das nichts bedeutete, länger durchhalten kann. Es war weder eine Begrüßung, noch machten wir Spaß. Nichts dergleichen. Es war ein Augenblick der Idiotie, wir sahen uns an, und jeder dachte für sich: Ich kenne dein Geheimnis. Aber es gab kein Geheimnis, abgesehen von dem offenen Geheimnis des üblen Geruchs, den Habibs Körper ausströmte.

Schließlich schlug sich der Postbote mit seinen großen Händen auf die Knie und erhob sich.

»Zwei Dinge, Doktor. Ich weiß, daß das nicht stimmt. Ich nenne Sie aus Respekt Doktor. Ich habe mir das Getön des großen Sportreporters angehört. Der Mann sagt faustdicke Wahrheiten. Ich will Ihnen auch eine erzählen, doch machen Sie sich's bequem und trinken wir ein Gläschen, wenn's Ihnen recht ist.«

Ich setzte mich in Bewegung, und wir tranken ansehnliche Gläschen von diesem Brechmittel von Wein, das er für gewöhnlich trank. Ich hatte lange gebraucht, um unter den guten Sachen, Geschenke von Díaz Grey und seinen Kumpanen von der Küste, solch eine Flasche zu finden.

Während wir tranken, hielt er seine Rede, durchsetzt mit Sottisen. Ich hörte ihm geduldig zu, ohne mich darum zu kümmern, was er mit dem Gemurmel, als handle es sich um feierliche Geständnisse, oder mit dem Kreischen eines Volksverhetzers eigentlich sagte. Er war ein komischer Kauz, einer von der Gattung, die nie ausstirbt, und es war interessant, ihn zu beobachten. Was er zum Schluß sagte, ließ mich aufhorchen:

»Ich bin jetzt zwei. Ich will nicht sagen, daß Sie mich doppelt sehen. Ich weiß einen Menschen zu respektieren, und ich respektiere Sie. Eines Sonntags habe ich in der Bar verkündet, daß ich mich im Streik befinde. Sie sehen, eine kuriose Geschichte. Ich, der einzige Postbote, im Streik an eben dem Tag, wo ich nicht zu arbeiten brauche. Die Freunde erhoben ein Geschrei, aber ich habe nicht nachgegeben. Und als der Arzt nach mir rief, um jemandem eine Nachricht zukommen zu lassen, habe ich gedacht, es wäre das beste, mich vom Staat als Postbote bezahlen zu lassen und privat noch Botendienste zu machen. Meine Ehehälfte war's einverstanden. Also überbringe ich Ihnen hier die erste Botschaft.«

Er holte ein Kuvert aus seiner schmutzigen Kleidung und streckte es mir hin.

Ein Umschlag, der auf wunderbare Weise weiß geblieben war und in großen blauen Lettern den Namen Carr trug. Ich weiß nicht, wieviel Geld ich Habib gegeben habe, damit er wieder gehe. Dann las ich in der Einsamkeit und der Stille:

Mein lieber Carr,

ein paar Zeilen, um Ihnen Lebewohl zu sagen und zu versuchen, eine Schuld zu verringern, die ich, verzeihen Sie die Plumpheit, als metaphysisch bezeichnen möchte. Vielleicht verstehen Sie mich nicht, und ich hoffe, Sie versuchen nicht zu raten.

Für kurze Zeit ist mein Kopf aus dem Wasser aufgetaucht, ganz von allein, ohne meinen Willen. In gewissen Grenzen war Elvirita Ihnen sehr zugetan, und sie bemühte sich, oder wünschte es einfach nur, Sie zu retten. Ein großes Wort, sehr weiblich und zum Scheitern bestimmt. Es gibt Beispiele die Menge. Wir werden Elvirita nie wiedersehen. Vor ein paar Monaten war sie in irgendeinem südamerikanischen Land tätig, wo sich Zivilisten und Militärs ablösen, um zu stehlen und glauben zu machen, daß sie regieren.

Ich habe das Nichts vor Augen, und dort gibt es weder Traditionen noch Moral, noch Moralin. Verzeihen Sie, wenn ich Ihnen weh tue. Ich beschränke mich darauf, Ihnen zu sagen, daß sie von der Schule Abschied genommen hat und ich vom Krankenhaus. Josefina hat viel Geld bekommen, und sie hat das Versprechen gehalten, darüber zu schweigen.
Ich habe nicht gedacht, lieber Carr, daß ich Ihnen einen so langen Brief schreiben würde. Mittels Banken und anderer Parasiten habe ich A.I.s finanzielle Lage gesichert. Die Dunkelhäutige wird sehr zufrieden sein. Ich hoffe, eine sehr lange Krankheit rafft sie dahin. D. G.

30. August

Ein weiterer Winter starb dahin, und es bedurfte nicht der Hilfe der heiligen Rosa, damit die wenigen Bäume ausschlugen, die ich auf meinen seltenen Expeditionen, von Schnurrbärten, Rauschebärten und Löwenmähnen beschützt, entdecken konnte. Ich fahre nur in die Stadt, um mir Tabak und Krimis zu kaufen, die von Mal zu Mal miserabler sind, dem allgemeinen Verfall der Literatur sekundieren. Wo sind sie geblieben, die Männer von einst? Aus mißlichen hygienischen Gründen sehe ich mich genötigt, mich ganz bedächtig auf dem Boulevard der verlorenen Träume umzusehen, wo die Transvestiten Kunden mit antiquiertem Geschmack zu verwirren suchen.
Und am Ende dieses Winters kam der verblüffende Brief, den ich hier wiedergebe. Der Umschlag war brasilianisch, doch der Brief, ziemlich lappig und mit dem großen kreisrunden Fleck vom Boden einer Flasche, datierte von Haiti.

Lieber Freund,
ich habe von dem Selbstmord erfahren. Vielleicht war mein Brief zu grausam. Ich rechtfertige mich nicht, noch gebe ich irgend jemandem die Schuld. Mach Dir nichts draus, wenn ich Dir sage, daß *Tra* mehr an mir hing als an Dir. Er hat mich bis zur Tür des Krankenhauses begleitet, hat sich dort hingelegt, wurde verscheucht und ist zurückgekommen. Bis es dann zu dem Skandal kam. Ich weiß nicht, ob dieser Brief Dich eines Tages erreichen wird. Deine Adresse – Du tust gut daran, sie geheimzuhalten – habe ich von der Göttin des Großen Voudou. Das Leben versetzt mich immer noch in Erstaunen, denn mit jedem Tag werde ich jünger. Ich hoffe, daß auch dieser Brief Dich verwundert, vor allem die Farbe des Papiers, die zu bekommen gar nicht einfach war. Es ist die Farbe einer hinabstürzenden Seele, ich habe sie jener der aufsteigenden Seele vorgezogen, die einem mehr erotischen Zustand entspricht, sagen wir, einem mehr orgastischen. (Aber ein richtiger Orgasmus, keiner von denen, die mein Analytiker für nicht gut hält.) Ich weiß, daß Du jetzt darauf versessen sein wirst, mehr über das wichtigste Thema der Welt zu erfahren, das heißt über mich selbst und mein jetziges Leben. Es stimmt, diese Schwarzen, von denen ich Dir spreche, haben etwas von der Zivilisation abbekommen, das sie schwächt. Doch wenn wir dem ihr spärliches französisches Erbe hinzurechnen, können sie Leistungen . . . ja, sie können. Die Franzosen wissen sich immer zu helfen, um zum Ziel zu kommen, und sie, die beides in sich vereinen, erzielen olympische Rekorde. Natürlich simuliere ich. Wir Frauen wissen, wie man das macht. Man muß einen kurzen Schrei ausstoßen und nicht mehr als zwei oder drei unverständliche Worte stammeln. Ich benutze in diesen Fällen für gewöhnlich das

Koptische und auch das Bengali der westlichen Region Zentralafrikas. Und natürlich benutze ich die Worte, die der Situation angemessen sind. Zum Beispiel REFRIENMA KIU KIU, was auf koptisch heißt, »du bringst mich um« oder auch, wenn Du ein g anfügst, »paß auf, töte mich nicht«. Das aus Vorsicht, denn wenn der Augenblick gekommen ist, packt dich der Kerl bei den Schultern und knallt deinen Kopf auf die Pritsche, wobei die Heftigkeit von der Mondphase abhängt. Im allgemeinen: Nimmt der Mond zu, haut-goût, nimmt der Mond ab, langsamer Trab. Kurz, es ist anthropologisch von der ersten bis zur letzten Liebkosung und für den Rest der Menscheit ein bißchen geheim.

Paß auf Dich auf, und hier kommt der Kuß, den es vorher nie gab. M.E.

Tausendmal sehe ich mir den Umschlag an, auf dem kein Absender steht. Der grüngelbe Poststempel gibt Agua Branca an. Das liegt im Staate São Paulo, Brasilien. Der Brief wurde in Haiti geschrieben, auf einem Papier von diabolischer Farbe, fast Violett, doch nicht ganz. Eine Farbe, um sich die Augen zu verderben. Auch daran erkenne ich María Elvira. Jemand hat entdeckt und verkündet, daß es perverse Farben gibt. Ich habe mich schon damit abgefunden, daß ich nie erfahren werde, woher Elvira, das ewig junge Mädchen, meine Adresse hatte. Hier ist sie nur ein paar Freunden aus dem Café oder der Bar bekannt, und keinem verzerrten Phantom von gestern, das die Tage fast gänzlich ausgelöscht haben – aus diesem Teil des Lebens, der die Erinnerung ist. Die meine.

30. Oktober

Jetzt, definitiv und für immer in Monte, mache ich weiterhin meine Aufzeichnungen, denn absurderweise spüre ich, daß ich das tun muß, so als erfüllte ich ein heiliges Versprechen, das ich nie gegeben habe, doch an das ich mich gleichwohl gebunden fühle.

Ich hätte viel Geld mitbringen und es verdoppeln können in diesem Land, wo es an Möglichkeiten nicht mangelt. Doch bin ich mit genügend Kapital gekommen, um mir Einkünfte bis zum Tode zu sichern, ohne Arbeit, Arbeitgeber und die lästige Gesellschaft der Arbeitskollegen. Gott sei Dank bin ich dieser Plage ledig.

Ich lebe im verborgenen, obgleich ich den sogenannten Ordnungshütern unbekannt bin, nicht auf ihrer Liste stehe. Ich verberge mich, weil es hier Menschen, vor allem Frauen, gibt, deren Gesichter und Entsagungen ich nach so vielen Jahren nicht sehen will. Aus ähnlichen Gründen widerstrebt es mir, ihnen mein heutiges Gesicht zu zeigen oder zuzulassen, daß sie etwas von meinen früheren kleinen Schurkereien spitzkriegen.

Ich habe das Wort »Tod« geschrieben und mir dabei gewünscht, daß es nicht mehr sei als das, ein mit zitternden Fingern geschriebenes Wort. Ich kann nicht sagen, daß mein Körper je Verrat an mir geübt noch daß er wegen meiner schlechten Behandlung nach Rache geschrien hätte. In diesem Lebensabschnitt rät er mir gerade nur zu Analysen, Palpationen und chemischen Begleitern.

Es ist mir bewußt, daß er sich am Ende auflehnen und zu immer stärkeren Schmerzen greifen wird, um mich zu zwingen, an ihn zu denken, und gerade dann, wenn es

nicht mehr wichtig ist, wo er sich doch bereits mit Überdruß und Resignation liiert.
Noch einmal das Wort »Tod«, obgleich es gar nicht nötig ist, es zu schreiben. In dieser Stadt gibt es einen Friedhof am Meer, der schöner ist als das Gedicht. Und es gibt oder gab oder es hatte dort einmal zwischen Pflanzengrün und Wasser ein Grab gegeben, in dessen Stein der Name meiner Familie gemeißelt ist. Bald, an einem widerwärtigen Tag im August mit Regen, Kälte und Wind, werde ich es beziehen, neben ich weiß nicht welchen Nachbarn. Die Grabplatte wird vor dem Regen keinen hinreichenden Schutz bieten, zudem, so steht geschrieben, wird es immer regnen.

S. 7 Das erste Motto stammt von Mark Twain. Es ist *Huckleberry Finn* vorangestellt. Der englische Wortlaut: Persons attempting to find a motive in this narrative will be prosecuted; persons attempting to find a moral in it will be banished; persons attempting to find a plot in it will be shot.

By Order of the Author
per G. G., Chief of Ordnance

S. 11 Monte mag man als Montevideo lesen, den Fluß als Río de la Plata, die Hauptstadt mit dem Obelisken als Buenos Aires.
S. 16 Der Leitspruch der *New York Times* lautet: »All the news that's fit to print« und für die Redaktionsarbeit: »To give the news impartially, without fear or favor, regardless of any Party, sect or interest involved.«
S. 23 Locro: Eintopf aus Mais, Kartoffeln oder Süßkartoffeln und Dörrfleisch.
S. 29 WASP: White Anglo-Saxon Protestant.
S. 30 *a la brasa*: gegrillt; *a la vasca*: auf baskische Art.
S. 33 *che*: Argentinier; Porteño: Einwohner von Buenos Aires.
S. 33 San Cono: Nichtkanonischer Heiliger aus Montevideo, italienischer Herkunft, zu dem man u. a. betet, um in der Lotterie zu gewinnen.
S. 35 Señor Brausen: Juan María Brausen. Protagonist in Onettis *Das kurze Leben*. Er ist der Gründer der Stadt Santa María und der Schöpfer der Gestalt des Arztes Díaz Grey.
S. 37 Initialen J. P.: Jeremías Petrus ist im Roman *Die Werft* Eigentümer des Hauses auf Säulen und Besitzer der verfallenden Werft.
S. 43 *seco* meint hier nicht »trocken«, sondern: pur.
S. 47 Die Verse übersetzte Lothar Klünner.
S. 57 Patroncito: Diminutiv von Patron.
S. 65 Bardamu: Ferdinand Bardamu, Hauptfigur in Célines Roman *Reise ans Ende der Nacht*.
S. 75 Patron eines perfekten Bordells: die Ambition des »dänischen Kupplers« Larsen im Roman *Leichensammler*.
S. 76 Nachname mit M: der Milizionär Medina. Dieser tritt zuerst in Erscheinung in *Die Werft*, sodann als Polizist in *Leichensammler* und, als Kommissar, in der Erzählung »Auch für den Hund

kommt der Tag« in *So traurig wie sie.* In *Lassen wir den Wind sprechen* ist er der Protagonist.
S. 81 ein Brand: Handlung im 2. Teil von *Lassen wir den Wind sprechen.*
S. 82 der Spanier Lanza: Korrektor bei der Zeitung *El Liberal* in *Leichensammler*; in der Erzählung »Das so gefürchtete Inferno« in *So traurig wie sie* sowie in anderen Texten.
S. 88 Porrón: irdener Wasserkrug.
S. 122 Freund Almayer bezieht sich auf *Almayer's Folly* (dt. »Almayers Wahn«) von Joseph Conrad.
S. 125 *Der Mythos von Sisyphos. Ein Versuch über das Absurde* von Albert Camus.
S. 125 *España Peregrina*: Anspielung auf den Namen einer literarischen Zeitschrift spanischer Emigranten in Mexiko (1939/40).
S. 127 der dänische Kuppler: Larsen in *Leichensammler.*
S. 129 Apotheker: Sein Name in *Leichensammler* und *Lassen wir den Wind sprechen* ist Barthé.
S. 129-130 ... auf dem Sand rings um ein Haus: Bezug auf »Das Haus in den Dünen« in *So traurig wie sie.*
... die kindliche Bemühung, einen Ring zu vergraben; daselbst.
... drei oder vier Personen, die vermummt flüchten: Bezug auf *Das kurze Leben.*
... Ziegenbock: Bezug auf »Grab einer Namenlosen« in *So traurig wie sie.*
... ein alter Champion: Bezug auf »Jacob und der andere« in *So traurig wie sie.*
... die unmögliche Geschichte eines Mädchens: Bezug auf »Die geraubte Braut« in *So traurig wie sie* und in *Leichensammler.*
S. 134 Die Verse übersetzte Lothar Klünner.
S. 144 Eu no aceito limosna: Ich nehme keine Almosen. Dieser Dialekt ist nahe dem Brasilianischen.
S. 149 *Die Falschmünzer.* Roman von André Gide.
S. 156 Fuenteovejuna. Gleichbedeutend mit »Alle und niemand«. Anspielung auf das berühmte Stück von Lope de Vega, *Fuenteovejuna*, Name eines Dorfes, dessen 300 Einwohner, Verhören und Folterungen ausgesetzt, auf die Frage des Inquisitors »Wer hat den Großkomtur getötet?« mit einem einzigen Wort antworten: »Fuenteovejuna.«

S. 168 Latorre: vor Montevideo gelegene Insel, auf der sich einst eine Leprastation befand. Später diente sie als Gefängnis für politische Häftlinge des Diktators Lorenzo Latorre (1840-1916).
S. 171 Der Filmtitel lautet: »The postman always rings twice«. USA 1946. Regie Tay Garnett, mit Lana Turner und John Garfield. (Nach dem gleichnamigen Roman von James M. Cain.)
S. 185 das Gedicht: »Le cimetière marin« von Paul Valéry.

Nicht alle Anspielungen und Dunkelheiten des Textes konnten erhellt werden; von den Bezügen zu Onettis eigenen Romanen und Erzählungen wurden hier nur einige genannt.

Bibliothek Suhrkamp

Verzeichnis der letzten Nummern

1079 Max Dauthendey, Lingam
1080 Alexej Remisow, Gang auf Simsen
1082 Octavio Paz, Adler oder Sonne?
1083 René Crevel, Seid ihr verrückt?
1084 Robert Pinget, Passacaglia
1085 Wolfgang Koeppen, Eine unglückliche Liebe
1086 Mario Vargas Llosa, Lob der Stiefmutter
1087 Marguerite Duras, Im Sommer abends um halb elf
1088 Joseph Conrad, Herz der Finsternis
1090 Czesław Miłosz, Gedichte
1091 Karl Kraus, Die letzten Tage der Menschheit
1092 Jean Giono, Der Deserteur
1093 Michel Butor, Die Wörter in der Malerei
1094 Konstantin Waginow, Auf der Suche nach dem Gesang der Nachtigall
1095 Max Frisch, Fragebogen
1096 Carlo Emilio Gadda, Die Liebe zur Mechanik
1097 Bohumil Hrabal, Die Katze Autitschko
1098 Hans Mayer, Frisch und Dürrenmatt
1099 Isabel Allende, Eine Rache und andere Geschichten
1100 Wolfgang Hildesheimer, Mitteilungen an Max
1101 Paul Valéry, Über Mallarmé
1102 Marie Nimier, Die Giraffe
1103 Gennadij Ajgi, Beginn der Lichtung
1104 Jorge Ibargüengoitia, Augustblitze
1105 Silvio D'Arzo, Des andern Haus
1106 Werner Koch, Altes Kloster
1107 Gesualdo Bufalino, Der Ingenieur von Babel
1108 Manuel Puig, Der Kuß der Spinnenfrau
1109 Marieluise Fleißer, Das Mädchen Yella
1110 Raymond Queneau, Ein strenger Winter
1111 Gershom Scholem, Judaica 5
1112 Jürgen Becker, Beispielsweise am Wannsee
1113 Eduardo Mendoza, Das Geheimnis der verhexten Krypta
1114 Wolfgang Hildesheimer, Paradies der falschen Vögel
1115 Guillaume Apollinaire, Die sitzende Frau
1116 Paul Nizon, Canto
1117 Guido Morselli, Dissipatio humani generis
1118 Karl Kraus, Nachts
1119 Juan Carlos Onetti, Der Tod und das Mädchen
1120 Thomas Bernhard, Alte Meister
1121 Willem Elsschot, Villa des Roses
1122 Juan Goytisolo, Landschaften nach der Schlacht
1123 Sascha Sokolow, Die Schule der Dummen
1124 Bohumil Hrabal, Leben ohne Smoking
1125 Peter Bichsel, Eigentlich möchte Frau Blum den Milchmann kennenlernen

1126 Guido Ceronetti, Teegedanken
1127 Adolf Muschg, Noch ein Wunsch
1128 Forugh Farrochsad, Jene Tage
1129 Julio Cortázar, Unzeiten
1130 Gesualdo Bufalino, Die Lügen der Nacht
1131 Richard Ellmann, Vier Dubliner – Wilde, Yeats, Joyce und Beckett
1132 Gerard Reve, Der vierte Mann
1133 Mercè Rodoreda, Auf der Plaça del Diamant
1134 Francis Ponge, Die Seife
1135 Hans-Georg Gadamer, Über die Verborgenheit der Gesundheit
1136 Wolfgang Hildesheimer, Mozart
1138 Max Frisch, Stich-Worte
1139 Bohumil Hrabal, Ich habe den englischen König bedient
1141 Cees Nooteboom, Die folgende Geschichte
1142 Hermann Hesse, Musik
1143 Paul Celan, Lichtzwang
1144 Isabel Allende, Geschenk für eine Braut
1145 Thomas Bernhard, Frost
1146 Katherine Mansfield, Glück
1147 Giorgos Seferis, Sechs Nächte auf der Akropolis
1148 Gershom Scholem, Alchemie und Kabbala
1149 Max Dauthendey, Die acht Gesichter am Biwasee
1150 Julio Cortázar, Alle lieben Glenda
1151 Isaak Babel, Die Reiterarmee
1152 Hermann Broch, Barbara
1154 Juan Benet, Der Turmbau zu Babel
1155 Bertolt Brecht, Die Dreigroschenoper
1156 Józef Wittlin, Mein Lemberg
1157 Bohumil Hrabal, Reise nach Sondervorschrift
1158 Tankred Dorst, Fernando Krapp hat mir diesen Brief geschrieben
1159 Mori Ōgai, Die Tänzerin
1160 Hans Jonas, Gedanken über Gott
1161 Bertolt Brecht, Gedichte über die Liebe
1162 Clarice Lispector, Aqua viva
1163 Samuel Beckett, Der Ausgestoßene
1164 Friedrike Mayröcker, Das Licht in der Landschaft
1165 Yasunari Kawabata, Die schlafenden Schönen
1166 Marcel Proust, Tage des Lesens
1167 Peter Weiss, Die Verfolgung und Ermordung Jean Paul Marats
1168 Alberto Savinio, Kindheit des Nivasio Dolcemare
1169 Alain Robbe-Grillet, Die blaue Villa in Hongkong
1170 Dolf Sternberger, ›Ich wünschte ein Bürger zu sein‹
1171 Herman Bang, Die vier Teufel
1172 Paul Valéry, Windstriche
1173 Peter Handke, Die Stunde da wir nichts voneinander wußten
1174 Emmanuel Bove, Die Falle
1175 Juan Carlos Onetti, Abschiede
1176 Elisabeth Langgässer, Das Labyrinth
1177 E. M. Cioran, Syllogismen der Bitterkeit
1178 Kenzaburō Ōe, Der Fang

1179 Peter Bichsel, Zur Stadt Paris
1180 Zbigniew Herbert, Der Tulpen bitterer Duft
1181 Martin Walser, Ohne einander
1182 Jean Paulhan, Der beflissene Soldat
1183 Rudyard Kipling, Die beste Geschichte der Welt
1184 Elizabeth von Arnim, Der Garten der Kindheit
1185 Marcel Proust, Eine Liebe Swanns
1186 Friedrich Cramer, Gratwanderungen
1187 Juan Goytisolo, Rückforderung des Conde don Julián
1188 Adolfo Bioy Casares, Abenteuer eines Fotografen
1189 Cees Nooteboom, Der Buddha hinter dem Bretterzaun
1190 Gesualdo Bufalino, Mit blinden Argusaugen
1191 Paul Valéry, Monsieur Teste
1192 Harry Mulisch, Das steinerne Brautbett
1193 John Cage, Silence
1194 Antonia S. Byatt, Zucker
1197 Claude Lévi-Strauss, Mythos und Bedeutung
1198 Tschingis Aitmatow, Der weiße Dampfer
1199 Gertrud Kolmar, Susanna
1200 Octavio Paz, Die doppelte Flamme, Liebe und Erotik
1201 E. M. Cioran, Gedankendämmerung
1202 Gesualdo Bufalino, Klare Verhältnisse
1203 Friedrich Dürrenmatt, Die Ehe des Herrn Mississippi
1204 Alexej Remisow, Die Geräusche der Stadt
1205 Ambrose Bierce, Mein Lieblingsmord
1206 Amos Oz, Herr Levi
1208 Wolfgang Koeppen, Ich bin gern in Venedig warum
1209 Hugo Claus, Jakobs Verlangen
1210 Abraham Sutzkever, Grünes Aquarium/Griner Akwarium
1211 Samuel Beckett, Das letzte Band/Krapp's Last Tape/La dernière bande
1213 Louis Aragon, Der Pariser Bauer
1214 Michel Foucault, Die Hoffräulein
1215 Gertrude Stein, Zarte Knöpfe/Tender Buttons
1216 Hans Mayer, Reden über Deutschland
1217 Alvaro Cunqueiro, Die Chroniken des Kantors
1218 Inger Christensen, Das gemalte Zimmer
1219 Peter Weiss, Das Gespräch der drei Gehenden
1220 Rudyard Kipling, Das neue Dschungelbuch
1221 Sylvia Plath, Die Glasglocke
1222 Martin Walser, Selbstbewußtsein und Ironie
1223 Cees Nooteboom, Das Gesicht des Auges/Het gezicht van het oog
1224 Samuel Beckett, Endspiel/Fin de partie/Endgame
1225 Bernard Shaw, Die wundersame Rache
1226 Else Lasker-Schüler, Der Prinz von Theben
1227 Cesare Pavese, Die einsamen Frauen
1228 Zbigniew Herbert, Stilleben mit Kandare
1229 Marie Luise Kaschnitz, Das Haus der Kindheit
1230 Peter Handke, Phantasien der Wiederholung
1231 John Updike, Der weite Weg zu zweit
1232 Georges Simenon, Der Mörder

Bibliothek Suhrkamp

Alphabetisches Verzeichnis